Nuova Narrativa Newton
1416

Dello stesso autore:

Le indagini dei fratelli Corsaro:

Ultimo appello
L'enigma Barabba
Sangue del mio sangue
Insoliti sospetti
Una famiglia diabolica
L'uomo sbagliato
La tana del serial killer
Memorie di un delitto
L'intruso
La lama dell'assassino

Falsa testimonianza
Joe Petrosino. Il mistero del cadavere nel barile

Prima edizione: luglio 2024

Pubblicato in accordo con Studio Olati

ISBN 978-88-227-8638-8

www.newtoncompton.com

Realizzazione a cura di Caratteri Speciali, Roma
Stampato nel luglio 2024 da Puntoweb s.r.l., Ariccia (Roma)

Salvo Toscano

L'ultimo presagio

Newton Compton editori

Àlzati davanti al capo canuto,
onora la persona del vecchio
e temi il tuo Dio.

Levitico 19,32

Parte prima
I morti

Who put all those things in your head?
Things that make me feel that I'm mad?

She said she said
The Beatles, 1966

1
Racconto di Roberto Corsaro

Ho sempre avuto difficoltà a interessarmi delle conversazioni sugli affari privati di altre persone. Non è tanto per una questione etica, o forse lo è ma solo in parte. La verità è che trovo quei discorsi da impiccioni terribilmente noiosi. Proprio non mi riesce di concentrarmi per più di sette secondi quando mi ritrovo ad ascoltarli.

E invece la gente si appassiona ai fatti degli altri, sembra che non riesca proprio a non impicciarsi. Ma la cosa che desta in me uno stupore sempre nuovo è osservare come i miei simili riescano addirittura a infiammarsi per le questioni inerenti la vita privata di persone che nemmeno conoscono: il divorzio tra il calciatore e la soubrette, le corna di questo o quell'altro vip, fino alla più perversa delle curiosità morbose, quelle per le casate reali, manco nostrane – che per fortuna noi di quest'orpello *rétro* ci siamo liberati da quel dì. Questo fatto suscita in me un senso di spaesamento tale da farmi sentire un alieno.

Quel pomeriggio, il primo del mese di dicembre, avevo appunto sperimentato quello smarrimento. Allo studio, non ricordo bene come, aveva preso corpo un appassionato dibattito su principi e principini d'oltre Manica. Nadia, la nostra nuova segretaria, una ragazza molto sveglia e di norma apprezzabilmente silenziosa, si era messa a parlarne con Dario Matranga, il mio collega avvocato più giovane. E già il fatto che Dario si mostrasse interessato alla materia mi suscitò un vago senso di sgomento. Il dialogo aveva assunto la forma del dibattito – con sfumature da teatro dell'assurdo – quando si era inserito nella conversazione Tanino, al secolo Gaetano Scaduto, l'ex carabiniere claudicante che ci aiuta con le indagini difensive.

«Io la trovo una donna molto interessante», aveva detto Dario a proposito di non so quale gentile consorte di sovrano o di erede al trono.

«Avvocato Matranga, ma ci pare che una *quanto iunci*, arriva e può fare la principessa? Quella, la buonanima di Lady Diana ci aveva studiato tutta la vita, *di quand'era picciridda*! Infatti, era bravissima e tutti la ammiravano. E pure che aveva i suoi *ziticieddi*, tutti *ci* dicevano *mischina*, la colpa è di suo marito! Perché lei era troppo raffinata, povera *picciotta*».

Non la tradurrò tutta, ma forse è d'uopo annotare almeno che *ziticieddi* significa *fidanzatini.*

«Ma che c'entra, signor Scaduto? Diana era Diana!», aveva obiettato a quel punto Nadia, a rimarcare una superiorità indiscutibile della compianta.

«E allora lo vede che mi dà forza al discorso, signorina! Io questo sto dicendo. La monarchia è una cosa seria. Dai tempi dei vichinghi, che per diventare re prima ci dovevi rompere le corna a qualche cento cristiani *tinti*, poi ti dicevano: *minchia, ma u sai ca si' troppo forte, cucì, veni a fare 'u re*! Poi purtroppo nei secoli la cosa ha preso una brutta piega, perché per scambiarsi i regni questi si accoppiavano tutti fra di loro, matrimoni combinati, e lo sa come nascono poi questi figli di parenti, tutti *scunchiuruti*, *mischini*».

A quel punto mi ero allontanato rintanandomi nella mia stanza, lasciando la compagnia alla sua appassionata disputa. E mi ero tuffato nelle carte di un processo che non prometteva niente di buono, una storia di bancarotta fraudolenta dalla quale il mio cliente, un commerciante amante della bella vita (e poco incline alla pratica del pagamento delle imposte), era destinato a uscire a pezzi.

Il pomeriggio se ne era andato così. A uno a uno, i partecipanti al dibattito sulle teste coronate se ne erano andati tutti a casa. E tanto mi apprestavo a fare anche io. Buttai un occhio all'orologio, le diciannove e trenta. Era un orario consono per mandare a quel paese il codice penale e quello di procedura e tornarmene a casa dalla mia famiglia. Spensi il computer, misi un po' d'ordine tra le carte e mi alzai, quando una scampanellata fragorosa mi colse del tutto di sorpresa.

Il trillo era insistente, ben oltre i limiti della molestia. Alquanto perplesso, mi alzai e mi avviai alla porta d'ingresso. Diedi uno sguardo dallo spioncino e vidi un'anziana che non mi pareva di conoscere. Aprii e la donna, capelli d'argento, fisico appesantito da qualche chilo di troppo, abbigliamento domestico, solo le ciabatte le mancavano, entrò trafelata.

«Buonasera, lei è l'avvocato?».

Sembrava visibilmente su di giri.

«Sì, signora, l'avvocato sono io, ma a quest'ora...».

«Lei è quello che ha la targa qua sotto, la vedo sempre quando passo. E poi ora che la guardo bene io la conosco, l'ho vista in televisione, è vero?».

Parlava mitragliando le parole a velocità supersonica, come se avesse fretta di dire tutto ciò che doveva nel minor tempo possibile. Doveva avere un'ottantina d'anni, pensai.

«Sì, signora, ma io stavo giusto andando via. Se le serve qualcosa, lei dovrebbe...».

Mi interruppe tornando a parlare a raffica.

«Certo che mi serve qualcosa, sennò venivo qua da lei? Lei è avvocato e queste cose le deve sapere...».

«Signora, se lei gentilmente telefona e prende un appuntamento possiamo parlare con calma quando...».

Mi zittì con un gesto della mano.

«Aspetti un minuto. Se mio figlio...».

Stavolta la interruppi io.

«Signora, mi perdoni, come le ho già detto adesso non posso».

«E mi lasci parlare! Se mio figlio mi ammazza, può ereditare tutti i miei soldi? Perché io penso di no!».

La fissai ancora più perplesso. Era così confusa e smarrita. Si guardava attorno, poi osservò agitata l'orologio che aveva al polso.

«Signora, mi scusi, ma perché mi pone questa domanda così curiosa?»

«Come perché, perché lei è un avvocato, a chi devo chiederlo, per la miseria, al fruttivendolo?».

L'obiezione aveva una sua logica di fondo.

«Ma noi non ci siamo nemmeno presentati, e...».

Non mi diede il tempo di finire la frase, ancora una volta.

«Caruso, molto lieta. Così va bene? Ora mi risponde o no?».

Mi arresi. Concedendole un sorriso, sfinito.

«La risposta è no, signora, l'omicida non può ereditare il patrimonio se il *de cuius* è la sua vittima».

Un lampo di soddisfazione balenò nello sguardo della signora Caruso.

«Ecco, lo vede che è come pensavo io...», commentò, finalmente appagata.

E fu a quel punto che una suoneria di cellulare al massimo volume la interruppe.

La donna si frugò nelle tasche impacciata e ne tirò fuori un vecchio modello di telefono. Sbirciai sul display, mi parve di leggervi la parola Nino, ma fu solo un attimo.

L'anziana rispose con tono scocciato.

«Sì, qua sono... qua vicino... qua di fronte... sono scesa, sto tornando subito...».

E a quel punto, senza neanche salutare o aggiungere mezza parola, la signora Caruso si voltò, varcò la soglia – la porta era rimasta aperta e tutta la conversazione si era svolta praticamente sull'uscio – e s'avviò per le scale.

La osservai basito, esitando per un attimo. Mi dissi che era senz'altro il caso di accompagnarla, perché mi pareva abbastanza evidente che non ci stesse molto con la testa. Ma fu allora che con il suo proverbiale tempismo, mia moglie mi telefonò. Riconobbi la suoneria a lei dedicata, recuperai il cellulare e non potei esimermi dal rispondere.

«Monica, posso richiama...».

Evidentemente quella sera tutti avevano una gran voglia di interrompere l'avvocato Corsaro.

«Sei ancora allo studio? Compra il pane prima di tornare a casa, che tuo figlio ha fatto piazza pulita. È peggio di Attila, dove passa lui...».

«Va bene, va bene, amore, ci penso io. Sto partendo adesso».

«Bravo, non ti scordare il pane».

Chiusi e mi affacciai per le scale. Non scorsi più la donna. Rientrai, mi avviai verso la mia stanza e lì mi avvicinai alla finestra per sbirciare di sotto. Riconobbi la signora Caruso che di spalle attraversava la strada, sottobraccio a un uomo basso e tarchiato. Mi domandai se fosse quello il famoso figlio potenziale matricida di cui mi aveva parlato nel suo delirio. Li vidi allontanarsi verso uno dei palazzi dall'altra parte della strada, feci spallucce e tornai alla mia vita, archiviando quella surreale conversazione, per concentrarmi sulla consegna del mio diretto superiore.

«Ricordati del pane e dimenticati la vecchia», dissi a me stesso ad alta voce.

Non ci sarei riuscito. Ma quella sera non potevo saperlo.

2
Racconto di Fabrizio Corsaro

Esattamente un mese prima dell'episodio raccontato da mio fratello, Palermo arrancava ancora avvolta da un caldo estivo fuori stagione. E io con essa.

Era il primo di novembre, giorno festivo, venivamo da uno strascico infinito di temperature alte, fino a trenta gradi, che non accennava a terminare.

Mi ero svegliato stanco ma carico di buone intenzioni quella mattina. Nico, il mio piccolo adorato frugoletto che inopinatamente le autorità avevano concesso in affido a un individuo dai trascorsi discutibili come il sottoscritto, dormiva beato, tenero come un puttino. Aveva convinto mia madre a restare a casa nostra la sera prima, visto che era festa, non c'era l'asilo e quella mattina avrebbero potuto portare a termine non so quale loro piano segreto.

Avendo assicurato il pargolo alle cure della sua amatissima nonna acquisita, ne avevo approfittato per concedermi una serata libera. Ero finito in uno strampalato party di Halloween, al seguito di quell'irresponsabile beone di mio compare Pippo Nocerà, in una villetta a Cardillo, periferia cittadina, stracolma di quasi cinquantenni separati che si dimenavano alticci illudendosi d'essere ragazzini, con tanto di trucchi da film horror di serie C.

Avevo proposto alla mia amica Laura Scelsi di farmi compagnia, ma lei aveva declinato gentilmente l'invito, perché impegnata a sua volta con una festicciola di Halloween per bambini. La sua risposta – un richiamo al dovere ben più consono alla nostra condizione anagrafica – mi aveva fatto sentire particolarmente un cretino. In compenso quella sera al party di Cardillo avevo incontrato una mia compagna di baldoria degli anni che furono, la deliziosa dottoressa Margherita, ancora infelicemente maritata a un ingegnere più interessato ai tornei di Risiko che alle sue grazie, e a un certo punto della serata ero sgattaiolato via con lei, per una gioiosa, seppur svelta, rimpatriata erotica cameratesca.

E così quella mattina di Ognissanti, ancora un po' rintronato per aver fatto le ore piccole, per l'alcol, il sesso e tutto il resto, approfittando ancora della presenza tra le mura domestiche della mia genitrice, avevo optato per una salutare corsetta al Foro Italico.

Faceva ancora abbastanza caldo, il cielo però era sporcato da qualche nuvola e il mare stava cominciando a incresparsi. Correndo con in cuffia i Cure, mi ritrovai a pensare alla mia condizione di single. La mia storia con Maria era ormai un capitolo chiuso, lei mi mancava ancora ma da qualche settimana avevo notato di pensarle sempre meno spesso. Il mio rapporto con Laura Scelsi, la dolcissima prof che mi aveva aiutato per l'affido di Nico, si era cementato ma senza trasformarsi da amicizia in altro. E così ero tornato alla mia vecchia vita: accoppiamenti occasionali e disordinati, peraltro rari visto che gran parte del mio tempo libero era assorbito dal bambino. Pensai quella mattina, davanti al mare che accarezzava la mia sonnacchiosa città, che tutto sommato mi andava bene così.

Quasi al termine del mio giro, notai a un tratto seduto sul prato del Foro Italico una vecchia conoscenza, Gimmi Verzera, un mio ex compagno di classe, celebre ai tempi della scuola per la sua totale devozione all'autoerotismo, che gli aveva fatto guadagnare il soprannome di Onan il Barbaro. Una volta cresciuto, Gimmi – si chiama Girolamo all'anagrafe – si era dedicato con altrettanta dedizione alle discipline orientali, tanto da aprire una palestra in cui si praticava yoga e annessi e connessi, o almeno così mi pareva di ricordare. Aveva srotolato un tappetino e sedeva immobile con un'aria serafica. Mi invitò a raggiungerlo.

Mi fermai e con un cenno del capo indicai la sua mano destra.

«Che fai, Gimmi? Sei già stanco di prima mattina?»

«Stavo cominciando a fare un po' di meditazione, vuoi unirti a me?»

«Meditare non è mai stata la mia specialità», obiettai.

«C'è sempre tempo per cominciare, siediti», propose con una voce pacata da santone. Non so come fece, ma mi convinse. E finì che mi fermai un'ora buona lì con lui.

Poi, rinfrancato, mi avviai verso casa. Salii su per il Cassaro, dove i turisti sfilavano abbastanza copiosi, e arrivai al mio appartamento davanti alla Cattedrale che erano quasi le undici e mezza.

Quando aprii la porta, Nico mi saltò addosso con uno slancio dei suoi.

«Finalmente sei tornato! Dove sei stato?»

«Ho incontrato un amico. Ma com'è che sei così pimpante? Oggi potevi dormire fino a tardi. Non avevi voglia di risposarti un po'?»

«Ma che dici? Mi sono alzato mentre tu uscivi. Vieni subito», fece tutto eccitato, afferrandomi la sinistra con la sua manina.

Mi portò di gran carriera in cucina, dove mia madre sedeva apparentemente esausta.

«Ciao», mi disse con aria stanca.

«Che è successo?», mi informai.

Nico, ancora su di giri, con un sorriso che gli si arrampicava fino agli occhi, sollecitò mamma.

«Nonna, forza, facciamogli vedere, dai!».

Mia madre se lo mangiò con gli occhi e si alzò. Prese un vassoio coperto da una *mappina*, non l'ho mai saputo come si dice in italiano *mappina*, in questa accezione forse si potrebbe dire una tovaglietta da pranzo. Ad ogni modo, la *mappina* non è fondamentale, mamma la scostò per mostrarmi il capolavoro. Era frutta di *martorana*, uno dei dolci tipici che si preparano in Sicilia per la festa dei Morti. Spero che la conosciate, magari con il nome di pasta reale, altrimenti vi siete persi qualcosa. Sono dei piccoli frutti colorati fatti con farina di mandorle e miele, una leccornia molto palermitana. Nel vassoio c'erano una mela, una pera, un fico e una banana.

«Hai comprato la *martorana*?», domandai stupito, allungando una mano per papparmi il fico.

«Statti fermo», mi fulminò mamma. Ritirai la mano ubbidiente.

Nico parlò ad alta voce, quasi saltellando per l'agitazione.

«Non l'abbiamo comprata, l'abbiamo fatta noi! Io e nonna! Ieri sera e stamattina. Siamo stati bravissimi. Ci ha spiegato tutto Cettina!».

«E chi è Cettina?»

«Quella di *In cucina con Cettina*!», rispose Nico incredulo perché non lo avevo capito subito.

Ah, già, Cettina: era una ragazza palermitana che faceva una trasmissione di cucina siciliana in TV. A Nico piaceva assai e ogni volta che facendo zapping la si intravedeva, il mio bambino pretendeva di vedersi tutto il programma. Che mi faceva venire una fame pazzesca, con tutto quello *sfincione*, quei cannoli, le sarde a beccafico, i *mulinciani ammuttunati* e tutto il resto.

«Bravi, ma ora posso assaggiarla, sì o no?».

Mamma mi squadrò con uno sguardo bonario dei suoi. Ho spesso l'impressione di apparire ai suoi occhi ancora come un dodicenne discolo e irrequieto. Che poi è l'immagine di me più vicina a quella che vedrebbe chi potesse attraversarmi il corpo e contemplarmi l'anima.

«Avanti, ma uno solo», mi concesse.

Era davvero buona. Quando lo dissi, Nico saltellò esultando gonfio d'orgoglio e mamma a quel punto gli accarezzò la testa, uno slancio di fisicità che per i suoi standard era quasi trasgressivo.

La vita in quel momento mi parve avere il sapore dolce della pasta reale.

Il pomeriggio mi toccò andare al giornale. Era un festivo e si lavorava con un po' di tristezza in meno, visto che si portava a casa qualche soldo in più. La giornata filò via avvolta da un grigiore mortale, nella consueta atmosfera da nosocomio per lungodegenti, ma ormai decimato, che si respirava nel mio quotidiano.

La cosa più degna di nota del pomeriggio era stata una breve lezione di Valentina Vullo sulla corretta angolazione da cui scattare un selfie per mascherare al meglio chili e rughe di troppo, per il resto un mortorio assoluto. Fino alle venti e trenta, quando, mentre mentalmente già assaporavo la fuga da Alcatraz, mi arrivò la notizia. L'aveva intercettata il vecchio Totuccio Salardino, il mio fotografo preferito, che ha entrature con gli sbirri migliori del più attrezzato cronista di nera.

«Corsaro, c'è una specie di omicidio», mi annunciò al telefono.

«Totuccio, *una specie* in che senso? La vittima non è un essere umano? Hanno ammazzato il mio direttore?»

«Nel senso che la vittima non è morta, ma poco ci vuole».

«E chi è la vittima?»
«Una donna».
«Dove siamo?»
«Verso Cruillas».
Ah, proprio dietro l'angolo. Praticamente dall'altra parte del mondo.
Guardai l'orologio e decisi che era troppo tardi per finire a Cruillas e tornare in orario utile per scrivere. Tanto più che da un po', il giornale per esigenze tipografiche chiudeva la prima edizione molto prima rispetto a quel glorioso passato di cui non era rimasta manco l'ombra.
«Facciamo che ci vai tu e che io mi metto al telefono a cercare notizie», dissi al vecchio Totò. E mi immaginai la smorfia di disappunto che gli avrei provocato, da sopravvissuto del giornalismo d'un tempo, quello in cui le suole delle scarpe si consumavano davvero, quale egli era.
Raccattai qualche scarna informazione ma sufficiente per chiudere un pezzo dignitoso entro le ventidue. Agatino Barresi, il capo della Omicidi, mi lasciò sbattere bellamente. Per fortuna, la sua nuova vice, Carolina Morgano un'ex pupilla del mio amico Fisichella, mi concesse qualche minuto di udienza. La vittima era una donna polacca di trentasette anni, Zofia Kowalska, aggredita in casa. La sua coinquilina, rientrata prima del previsto, intorno alle sette di sera, l'aveva trovata a terra e le era sembrata morta. La donna presentava ecchimosi sul collo e in altre parti del corpo, gli abiti erano strappati. Respirava ancora e i sanitari del 118 l'avevano portata di gran carriera al Cervello, dove versava in condizioni disperate.
Scrivendo il mio articolo, quella sera, mi colse una sensazione di *deja vu*. La ignorai per concentrarmi e terminare il prima possibile. Solo una volta uscito dal

giornale misi a fuoco il ricordo della vicenda che fu chiamata *L'enigma Barabba.* Era passato tanto tempo da allora. Anche in quella storia assurda c'era di mezzo una badante polacca. Io e mio fratello ne eravamo venuti a capo. Ebbi la strana impressione che anche questa donna dell'Est stesse venendo in qualche modo a bussare alla porta della nostra vita. Scacciai via quell'idea, montai sulla moto e me tornai dal mio bambino.

3
Racconto di Roberto Corsaro

Il pomeriggio del 15 dicembre, due settimane dopo la strana apparizione della signora Caruso, mi trovavo allo studio in compagnia di Gaetano. Il mio prezioso aiutante continuava a manifestare con sempre maggiore frequenza il desiderio di smettere di lavorare. E ogni volta che questo proposito affiorava sulle sue labbra, nelle forme variopinte del suo personalissimo eloquio, io facevo tutto il possibile per disinnescarlo. L'idea di perdere anche Gaetano, dopo aver perso la mia socia Valeria anni prima, mi atterriva.

Stavamo parlando di un mio cliente accusato di violenza sessuale da una sua dipendente. Era una storia particolarmente scivolosa, soprattutto visti i tempi. Certe attività difensive che in passato sarebbero state normali in quel genere di caso ormai venivano subito bollate come *vittimizzazione secondaria*. Era diventato davvero complicato difendere un uomo accusato di quel genere di odioso reato – in assoluto uno di quelli che mi dà più il voltastomaco –, pur se questi si professava innocente con tutte le sue forze. Perché il concetto di fondo che stava passando nella vulgata è che se c'è la denuncia, il reato a fondo sessuale è per ciò stesso certo, certa la vittima e certo il colpevole. Ma questa era la negazione del diritto e del principio per cui le prove si formano nel processo. Un concetto forse troppo astruso da far comprendere ai più, in primis a certi giornalisti. Ad ogni modo, mentre Gaetano mi riferiva di aver scoperto che la presunta vittima pochi anni prima aveva avuto una relazione, assolutamente consenziente, con un suo precedente datore di lavoro, circostanza che aveva portato al divorzio con addebito di colpa ai danni di quest'ultimo, avvertii che i miei occhiali erano scivolati troppo. Mi sfiorai appena la faccia per sistemarli e intesi una fitta odiosa che mi fece sobbalzare.

«E che è adesso?», dissi ad alta voce, scosso. Il viso mi aveva fatto molto male, era durato pochi secondi ma mi sentivo ancora indolenzito.

Gaetano mi osservò preoccupato.

«Avvocato, non facciamo che è il trigesimo».

«Tanino, ancora manco sono morto e tu già arrivasti al trigesimo?»

«Sì, lei *facesse* quello che *babbìa* sempre, avvocato. Ma se è il trigesimo, ci potrebbe pure dispiacere che non è morto. *I me paroli 'n funnu o mare*».

Non sentivo quella perifrasi dal secolo scorso. Credo di averla udita pronunciare solo a mio nonno, buonanima. Significava: *che le mie parole finiscano in fondo al mare*, cioè *che ciò che ho appena detto non debba mai avverarsi*.

«Gaetano, se il tuo intento è terrorizzarmi, almeno chiamiamolo bene: tu ti riferisci al trigemino, non al trigesimo».

«Vabbè, lei tanto mi aveva capito. Quello che invece non vuole capire è che ci deve stare attento a questa cosa. Perché fa male vero, avvocato. Un cugino di mia moglie, Pinuzzu *u fuoddi*, si buttò dal settimo piano per il trigemino, non ce la faceva più».

«Di quale moglie?».

Gaetano ne ha avute tre o quattro, non ricordavo esattamente in quel momento.

«Una, non è importante».

«E perché lo chiamavano Pinuzzu il folle?»

«Perché aveva qualche problema, *mischino*. Faceva cose un poco *per la quale*. Pisciava nelle cabine del telefono, ci parevano gabinetti pubblici».

«Ah, ecco».

Gaetano sollevò un sopracciglio serissimo.

«Avvocato, sentisse a me, per favore. Si facesse dare una *taliata* da un medico buono».

Aveva ragione lui. Come quasi sempre, del resto.

Abbastanza preoccupato per quella minacciosa fitta, e con il viso ancora indolenzito, poco dopo le sei decisi di fare un salto in farmacia a comprare un antinfiammatorio da prendere subito senza aspettare il ritorno a casa. Il mio stomaco non avrebbe gradito ma avrei cercato di tenermelo buono con il solito gastroprotettore.

Era già buio, l'aria era fresca, qualche negozio sfoggiava addobbi natalizi. Mi avviai verso la farmacia che si trova a meno di duecento metri dallo studio, tutto preso dall'angoscia per quell'assaggio di trigemino, o trigesimo per dirla alla Gaetano. E sovrappensiero com'ero non feci caso a nulla durante il tragitto d'andata. Fu al ritorno dalla farmacia, camminando sul marciapiede dal lato della strada opposto a quello del mio studio, che curiosamente un dettaglio fece breccia nella mia cronica distrazione. Notai il portone aperto a metà subito dopo aver schivato una insidiosa deiezione canina. E d'improvviso un senso di inquietudine mi si insinuò dentro. Ripescai il fotogramma dalla memoria: la signora Caruso di spalle, sottobraccio al tizio tracagnotto. Dalla mia finestra quel pomeriggio di due settimane prima li avevo visti entrare proprio in quel portone.

Entrai, vinto dalla curiosità. Nell'androne trovai il solito tavolino con il libro delle firme dell'agenzia di pompe funebri. Osservai: la defunta era tale Guccione Vincenza. La "mia" signora, lo ricordavo bene, si chiamava invece Caruso. Scossi la testa sorridendo e con la mano libera dalle medicine feci un gesto simile a quando si scaccia una mosca. Che razza di idee ti passano per la testa, avvocato Corsaro. Mi dissi così, sfogliando sommariamente il registro delle firme. Ma ecco che dall'ascensore, giusto in quel momento, venne fuori un ometto anziano, minuto e compito, un vestito grigio chiaro con almeno tre o quattro decadi di storia, gilet bordeaux, cravatta regimental, occhiali con montatura spessa e capelli impomatati di brillantina che manco Rodolfo Valentino. A rapidi passettini si avvicinò al libro delle condoglianze e lo firmò. Poi mi squadrò e ritenne opportuno assumere informazioni.

«Lei è qui per la signora Enza?»

«Io…», esitai un attimo.

«Terzo piano, se non lo sa», fece il vecchietto. La brillantina emanava un odore notevole che mi fece pensare al mio nonno materno, suonatore di mandolino.

«Grazie, ma…», cercai di obiettare. Lui riprese subito a parlare, con quella sua voce baritonale dal bell'accento palermitano genuino.

«Ahi, caro signore, così è la vita per noi anziani, oggi ci sei e domani non si sa. Che vuole fare, egregio amico, polvere siamo e polvere torneremo. Povera signora Caruso, non stava nemmeno tanto male».

Rimasi per un attimo a bocca aperta.

«Come Caruso? Non è Guccione?».

Il vecchietto scosse la testa. Aveva un grosso neo al lato destro della fronte che il suo movimento mise in bella evidenza.

«Guccione da signorina. Da sposata Caruso. La signora era vedova, poverina, da tanto tempo. Ma com'è che lei non lo sa, mi scusi?».

L'ultima domanda mi venne rivolta con un tono inquisitorio. L'anziano aveva mutato espressione e mi guardava insospettito. Lì mi venne la pessima idea di mentire, invece che borbottare qualcosa senza senso e filare via.

«No, no... La signora non è che... Io conosco il figlio».

Il vecchio inarcò un sopracciglio e mi guardò in cagnesco.

«Il figlio? Egregio signore, l'unico figlio della signora Enza, buonanima, è morto vent'anni fa. Ma a che gioco stiamo giocando?».

Fu come se una botola s'aprisse sotto ai miei piedi facendomi sprofondare in un insensato abisso d'angoscia. Fui preso da un senso di confusione e non seppi fare di meglio che blaterare poche parole.

«Mi scusi, devo essermi sbagliato».

E senza dire altro scappai via, turbato, a passo lesto.

Ci pensai e ripensai per due giorni interi. E ogni volta che il pensiero tornava mi sforzavo di cacciarlo via. Finché la mia solita, maledetta curiosità non l'ebbe vinta.

4
Racconto di Fabrizio Corsaro

Le indagini sull'aggressione ai danni di Zofia Kowalska procedevano "nel più stretto riserbo degli inquirenti". È una di quelle perifrasi trite e ritrite che stanno lì nella cassetta degli attrezzi dei cronisti di nera e che sarebbe bene usare il meno possibile per evitare di sfornare pezzi tutti uguali. Roba del tipo "l'asfalto reso viscido dalla pioggia", o "i sanitari del 118 giunti sul posto non hanno potuto fare altro che constatare il decesso". Ad ogni modo, il riserbo della Omicidi c'era tutto. Barresi e la sua vice erano alquanto avari di informazioni per i cronisti.

Si apprese che la coinquilina polacca che l'aveva trovata mezza morta aveva fatto ritorno prima del previsto a casa. La Kowalska era una badante, attualmente disoccupata, in Italia da quasi quattro anni. Lei e l'amica, tale Kasia Nowak, abitavano in un piccolo appartamento a piano terra in una strada di Cruillas, un quartiere periferico vicino al Cep e a viale Michelangelo, una zona di edilizia popolare, uno di quei tanti piccoli e grandi microcosmi che compongono l'altra Palermo, quella più invisibile e sganciata dal centro e dalla borghesia cittadina.

Un collega di un giornale on line scrisse di un testimone che avrebbe visto allontanarsi dal luogo del delitto una persona vestita di nero. Ma la notizia non trovò conferme. La donna, intanto, lottava tra la vita e la morte al Cervello. La prognosi rimaneva riservata, i medici non si sbilanciavano e a quanto trapelava, le condizioni in cui la donna versava erano disperate.

Tra le ipotesi c'era quella di un'aggressione a sfondo sessuale. Gli abiti strappati della vittima potevano fare pensare a un maniaco, che si fosse appostato vicino casa e fosse riuscito a entrare con lei, magari minacciandola. Non c'erano segni di scasso nell'appartamento, ma una finestra sul retro dell'appartamento a piano terra era stata trovata aperta. Era possibile che quella fosse stata la via di fuga dell'aggressore. Ed era ipotizzabile che questi fosse scappato via sentendo tornare la coinquilina. La zona era abbastanza buia, l'illuminazione pubblica guasta da mesi, e non molto trafficata. Si stavano ovviamente visionando le immagini delle telecamere nelle vicinanze. Che, a quanto trapelava, erano ben poche. Sul punto, un prolisso collega tuttologo aveva tuonato con un accorato editoriale sulla penuria di telecamere di sorveglianza in città. Ne sarebbe servita una per ogni strada, proponeva indignato, in una Palermo sempre più violenta, in cui si sparava e si aggrediva con tanta frequenza. Sì, certo, come no. Una telecamera in ogni strada, e perché non in ogni appartamento, in ogni stanza, e pure al cesso? La voglia di Grande fratello degli arruffapopolo suscitava sempre una certa impressione al mio vecchio animo libertario. Tutta questa smania di spiare e controllare tutti che manco la Stasi ai tempi della Ddr era qualcosa che proprio non mi andava giù.

Per farla breve, il giorno dei morti, all'indomani dell'aggressione a Zofia Kowalska, scrissi un seguito sulla vicenda alquanto fiacco e non troppo ricco di notizie. Terminai presto. Avevo voglia di tornare a casa dal mio bambino, soprattutto in quella ricorrenza particolare, in cui il mio ricordo era tornato più volte a mio padre, che mancava dalla mia vita da quando ero un bambino anche io. Già pregustavo il piacere di trascorrere l'intera giornata con il mio Nico l'indomani, visto che mi toccava lo *smart working*. Avevamo un arretrato di un paio di Lego da montare, ci saremmo divertiti.

Prima di sbaraccare, messaggiai un po' con Laura Scelsi. La mia amica prof, dopo essere stata mollata dal marito, si era legata sempre di più a noi. Anche sua figlia Amira, un po' più grande del mio bambino, aveva un debole per Nico. Laura era la vicepresidente dell'associazione che mi aveva aiutato con l'affido. Era una donna sensibile, molto dolce e pure simpatica. Oltre che bella, perché bella lo era eccome. In altri tempi, il Fabrizio Corsaro che ero stato avrebbe fatto carte false per finirci insieme in orizzontale. E invece, a ben pensarci, avevo fatto poco o niente perché ciò avvenisse. Anzi, per essere più precisi, avevo fatto di tutto perché ciò non avvenisse. La trovavo attraente, certo, ma avevo troppo timore di rovinare quell'intesa così pura che si era rafforzata tra noi in quei mesi. E aspettarsi un primo passo da lei, se l'avevo capita almeno un po', era pura utopia.

Scambiammo qualche battuta, condita da emoticon di sorrisi e risate con lacrime, ci prendemmo un po' in giro a vicenda con il nostro consueto registro tipo *Una donna per amico* di Battisti, e ci lasciammo con il proposito di uscire con i bambini, magari per uno spregiudicato McDonald's, sabato pomeriggio.

A quel punto mi alzai, spensi il computer e raccolsi la mia roba per svignarmela. Giulia, seduta vicino a me, mi rifilò uno sguardo storto.

«Mezza giornata oggi, Corsaro?»

«Lascio te a presidiare il fortino, colonnello Accardo».

«No, caro mio, a fare la guardia ci penserà qualcun altro. Tolgo le tende anch'io».

Si alzò, con quei suoi movimenti sempre aggraziati, infilò un giubbotto leggero e si avviò con me verso le scale. Aveva un'aria cogitabonda, la stessa che mi sembrava la accompagnasse da un pezzo. Era stato un grande amorazzo della mia giovinezza Giulia, mai consumato per la verità. Poi la vita ci aveva fatto prendere strade diverse. C'erano rimaste la colleganza e l'amicizia. Anche se quest'ultima forse si era un po' raffreddata con gli anni.

Mentre scendevamo le scale, la mia collega cronista di bianca si tolse un cotogno che evidentemente le pesava sullo stomaco.

«Non t'ha preso 'sta storia della povera polacca, è vero? Ci hai lavorato con la mano sinistra».

Mi fermai sulle scale e mi voltai verso di lei piccato.

«Che c'è, ora ti sei specializzata nel valutare il lavoro altrui? Vuoi licenziarti e fare la cacciatrice di teste?»

«Il lavoro altrui non mi interessa. Il tuo sì. Mi piace quando scrivi i pezzi alla Corsaro. E quello di oggi non lo era. Sei stato svogliato».

I suoi grandi occhi severi, che un tempo lontano mi avevano acceso, adesso mi fissavano inquisitori, scomodi come l'accusa che Giulia mi stava rivolgendo. E che era fondatissima, lo sapevo bene.

«Non è così, era solo un seguito, non c'erano tante notizie, lo sai com'è. O forse non lo sai. I tuoi politici hanno la lingua più lunga dei miei sbirri».

«Non stare sulla difensiva», mi liquidò lei ricominciando a scendere le scale. Le posai una mano sul braccio per fermarla.

«Ehi, aspetta, stiamo parlando».

«Ah, vuoi parlare? Davvero? Questa è una notizia. Saranno anni che non parliamo *davvero* noi due».

La fissai confuso. Con quel tipo di sguardo che solo

questa espressione siciliana, anche se poco elegante, riesce a descrivere: *restare come quello che gliel'ha vista a sua sorella*.

«Ma che stai dicendo?»

«Sto dicendo che a te, e a tutti i nostri colleghi, non frega niente di quella disgraziata che è più morta che viva in ospedale. Perché è una poveraccia immigrata di cui è pure complicato pronunciare il nome. Fosse stata una bella signora della Palermo bene ci sarebbe tanta più empatia e tanto più interesse per questa vicenda. Accettalo».

«Oh santa pace, ma perché devi sempre atteggiarti a moralizzatrice col ditino puntato? Non è vero quello che hai appena detto».

«Ah no? Balle. Scriviamo di femminicidi a raffica, ormai sono diventate cose di routine. Poi sei mesi fa ammazzano quella bellissima ragazza di Cefalù, quella che aveva posato sui cartelloni pubblicitari e frequentava tutta l'alta società di questa città di ipocriti. E lì tutti a piangere, strapparsi le vesti, centomila post sui social. E sai perché? Perché era bella, perché era come loro. Non era una poveretta di un quartiere popolare dove si ascolta musica napoletana, magari bruttina o appesantita dagli anni e dai dispiaceri, che conduce la sua esistenza da invisibile con un marito che la sfascia di legnate un giorno sì e l'altro pure. È così, Fabrizio, è così. E tu non sei diverso da loro».

I suoi occhioni si erano riempiti di lacrime. Si era fatta tutta rossa in volto.

«Ehi, che c'è adesso?».

Giulia scosse la testa e mi lasciò su quel gradino scendendo le scale. Le corsi dietro e la fermai, ormai fuori dal giornale, acchiappandola per il polso.

«Si può sapere che c'è?»

«Niente, dai. Scusa».

Si stava asciugando una lacrima con la manica del giubbotto.

«Mi vuoi dire che cos'hai, per favore?»

«Non qua davanti».

«Va bene, passeggiamo verso il mare, ti va?».

Fece di sì col capo. E ci incamminammo al buio, in una serata finalmente fresca.

«E allora, parli o ti devo menare?», dissi dopo un minuto di silenzio.

«Scusami. È un brutto momento».

«Che succede?»

«Che sto invecchiando. E che mi sto ritrovando con un pugno di mosche in mano».

«Parli del giornale?»

«Anche».

Sì, avevamo paura che tutto potesse finire prima o poi. In tutti i quotidiani d'Italia, più o meno, si respirava quest'aria mesta.

«E poi?», la spronai.

«Con Tommaso è finita».

Questa gliel'avevo sentita dire non so più quante volte. Tommaso è quello che la mise incinta quando lei era ragazza e la mollò facendole crescere per i primi tre o quattro anni, neanche ricordavo più, la sua Alessia da sola. Poi Giulia se l'era ripreso. E a forza di lasciarsi e riprendersi, era passata una vita.

«Era finita altre volte», obiettai.

Giulia scosse la testa senza guardarmi. Fissava il mare, buio, oltre il Foro Italico.

«Stavolta ha un'altra».

«E che sarà mai!», ribattei come uno stupido, accendendo una sigaretta.

Che fosse una frase cretina lo capii un secondo dopo. Giulia si voltò verso di me di scatto. Ora mi dà uno schiaffo, pensai. E invece no. Mi guardò negli occhi, moscia e addolorata.

«Aspetta un figlio. Da una di trent'anni».

Ahi. La botta era stata forte, allora, povera Giulia. Ci devono essere al mondo ragadi anali più amabili di quel Tommaso, l'ho sempre pensato.

«Mi dispiace».

Non mi riuscì di dire altro. E in fondo cos'altro c'era da dire?

«Con me una figlia l'ha fatta solo per sbaglio», commentò amara Giulia infilandosi le mani in tasca e rinsaccandosi. Mi sembrò farsi minuscola in quel momento. La abbracciai e camminammo così, senza dire una parola, fino alla sua macchina.

Mi guardò dritto negli occhi e solenne mi diede la sua consegna.

«Prendila più sul serio questa storia della polacca. Mi ha fatto troppa compassione. Merita anche la tua».

«Promesso», risposi annuendo e sollevando indice e medio uniti.

5

Zofia Kowalska si spense all'ospedale Cervello nelle prime ore della mattina del 4 novembre, dopo due giorni e mezzo di agonia. Il pubblico ministero che coordinava le indagini sulla sua aggressione dovette modificare il reato oggetto dell'inchiesta in omicidio. Venne disposta l'autopsia, che sarebbe stata eseguita da lì a breve.

Quella stessa mattina un ex assessore regionale venne arrestato per una vicenda di corruzione, un grosso scandalo che riguardava la realizzazione di impianti di energia rinnovabile tra le province di Trapani e Agrigento. Si sollevò un gran trambusto mediatico e la morte della sventurata polacca passò in effetti un po' in secondo piano, come aveva profetizzato Giulia. E per smentirla circa quanto aveva detto su di me, decisi si mettermi a lavorare di buzzo buono su quella storia. Il mio capocronista non ebbe nulla da obiettare, mentre Ivan Bosco, il nostro caporedattore, da qualche settimana era sprofondato in un apatico e insolito silenzio che mi trasmetteva una certa inquietudine. Temevo che avesse appreso qualche mala notizia sul futuro del giornale. Quanto al nostro ineffabile direttore dai capelli tinti, Ruggero Cimino, fresco di sessantesimo compleanno festeggiato in una villa storica con tutto un vippaio palermitano da orticaria, non c'era da sperare in un suo cenno di vita, vista la sua nota incompatibilità con il concetto stesso di giornalismo.

Ci misi un paio di giorni ma alla fine riuscii a scovare questa Kasia Nowak, la coinquilina che aveva trovato il quasi cadavere. La contattai su Facebook, mi rispose dopo quasi un giorno e malgrado una certa ritrosia iniziale si convinse a incontrarmi. Mi diede appuntamento il 6 di novembre in una stradina di Cruillas, non lontana dal luogo del delitto. Mi aspettava in un piccolo bar, dove la trovai seduta da sola a un tavolino in un cantuccio buio e alquanto triste, quasi in castigo. Si alzò educatamente per stringermi la mano. Era una donna alta e magra, con bellissimi occhi verdi e capelli tinti di un ramato cupo. Doveva avere tra i trentacinque e i quarant'anni e sul volto dai lineamenti spigolosi aveva stampata un'espressione d'atavica sofferenza.

Ordinammo un paio di caffè e sedemmo uno di fronte all'altra.

«Mi scusi, non ho molto tempo, mi aspettano», mise subito le mani avanti. Sembrava essersi pentita di avermi concesso quell'incontro.

«Sì, le ruberò solo pochi minuti».

«Va bene, mi dispiace ma ho delle cose da fare».

Parlava bene italiano, con quell'accento slavo, nitido e coriaceo della sua gente.

«È potuta rientrare a casa?»

«La casa è sequestrata. Forse posso tornare domani. Sto da un mio cugino, mi deve accompagnare al lavoro tra un poco. Sto aspettando lui. Abita qua vicino».

I caffè arrivarono rapidissimi, portati da una ragazza masticatrice di chewing-gum con eye-liner nero abbondante come i suoi fianchi e le labbra carnose.

«Che lavoro fa, se posso?»

«Sono donna delle pulizie. Lavoro in un albergo».

«Lei conosceva Zofia Kowalska da molto tempo?».

Kasia annuì.

«Da circa tre anni e mezzo, quando Zofia è arrivata qui. Conosceva una mia amica, che è di Cracovia come lei».

«E avete sempre vissuto insieme?»

«All'inizio. Io cercavo qualcuno per dividere appartamento. Lei è stata con me un paio di mesi poi ha trovato lavoro».

«Ma lei sta qui da più tempo, parla italiano benissimo».

«Grazie. Sto in Italia da undici anni».

Feci due conti a mente e pensai che il Papa polacco, buonanima, dopo undici anni in Italia, almeno per come me lo ricordavo io, non parlava mica così bene. Ma dissi altro.

«E quando Zofia ha trovato lavoro è andata a vivere altrove?»

«Era badante, viveva con signora. Ora era tornata qua».

Non mi era troppo chiaro, mi ripromisi di tornarci su più avanti.

«Che ora era quando l'ha trovata?»

«Le sette e un quarto. L'ho vista a terra, era… come si dice… massacrata, *mischina*».

Quanto mi piace sentire parlare gli stranieri in siciliano.

«Zofia quel giorno non lavorava?»

«No, Zofia non lavorava più… Quel giorno era andata a messa. È alle sei, qua vicino c'è la parrocchia. Era giorno dei Santi, è festa per Chiesa».

«E la sua amica andava sempre alla messa del pomeriggio?»

«Sì, sempre».

«Ma lei, signora, tornando a casa ha sentito un rumore? Qualcuno che andava via? Perché potrebbe essere che l'assassino fosse dentro casa quando lei è arrivata e sia scappato allora dalla finestra».

«Sì, poliziotti me lo hanno detto, ma io non so, ero troppo… troppo scioccata. Non ricordo molto bene».

Fu a quel punto che la donna bruscamente si fermò, alla vista di un omone con due spalle da armadio a quattro ante, i capelli cortissimi, gli occhi azzurri chiari, piantato su un metro e novanta scarso di muscoli e pancetta.

«Mio amico», fece lei, indicandolo con un cenno del capo.

Il polaccone si avvicinò con l'espressione amichevole di Terminator che guarda il tizio di turno a cui sta per fare il culo.

«Lui è Marek, questo è signor Corsaro, giornalista», fece le presentazioni Kasia.

Marek mi degnò di uno sguardo che si protrasse per un secondo scarso, poi si rivolse a lei dicendo qualcosa in polacco, che ovviamente non afferrai.

«*Tak*», rispose Kasia. Come Pozzetto nel monolocale in quel vecchio film.

La guardai con un'espressione interrogativa.

«Marek dice che è tardi, dobbiamo andare».

Me ne fottei bellamente, tanto per far capire al polaccone che il duro sapevo farlo anch'io.

«Lei parla italiano?», chiesi all'energumeno sfidando il suo sguardo di ghiaccio.

«Sì. Ma non ho tempo adesso. Dobbiamo andare».

Diciamolo, l'accento dei polacchi quando parlano italiano è proprio bello. Non ha molto a che vedere col russo, scorre molto più fluido e lineare. Persino quello di Marek l'antipatico.

«Solo due domande, sia gentile. Anche lei conosceva la povera Zofia?»

«Sì, la conoscevo», rispose telegrafico il polacco.

Tornai a rivolgermi a Kasia, della quale notai un crescente imbarazzo.

«Lei ha detto poco fa che Zofia non lavorava. Avevo saputo che era una badante».

«Sì, faceva la badante. Ma sua signora morta».
«Ah sì? Di recente?»
«Sì, era forse metà ottobre. Signora Lilla era vecchia e malata».
E be', fosse stata una ragazzina che scoppiava di salute la badante non ce l'avrebbe avuta. Ma dissi altro.
«Lilla come?».
Kasia si sforzò di ricordare.
«Rampazzo, mi sembra».
Forse ricordava male, pensai, non avendo mai sentito quel cognome in vita mia.
«E dopo la morte della signora, Zofia era tornata a vivere con lei, giusto?»
«Sì, avevo una inquilina prima, una ragazza polacca, ma ha sposato un ragazzo di Bagheria, ora vivono lì. Così Zofia era ritornata».
«E cercava lavoro?».
Kasia si fermò per un attimo prima di rispondere. Rivolse lo sguardo a Marek, facendogli segno di sedere. Quello, recalcitrante, acconsentì.
«Sì, stava cercando. Aveva fatto un... come si dice? Colloquio?»
«Esatto, un colloquio».
«Sì, aspettava una risposta».
«Mi sa dire come si chiamavano le persone da cui aspettava una risposta?»
«No».
«Voi che idea vi siete fatti sulla sua morte?»
«Non ho capito».
«Cosa pensate le sia successo?».
Marek disse qualcosa in polacco.
«Un maniaco», tradusse Kasia.
«Però non c'erano segni di scasso. Lei ha aperto al maniaco? Era sua abitudine aprire agli sconosciuti?»
«Magari pensava che era Kasia», si intromise Marek.

Kasia parlò dopo di lui.

«O forse lui si è nascosto nel buio. Nella nostra strada, la luce è rotta da tanto tempo. È possibile».

«Ma quando lei l'ha trovata, Zofia le ha detto qualcosa?»

«No, sembrava morta», rispose la polacca con un velo d'orrore a coprirle lo sguardo.

«Voi avete una fotografia di Zofia?».

Non si era ancora vista la sua faccia. La polizia non aveva fatto uscire nemmeno quella della carta d'identità. Ormai su questo genere di cose le forze dell'ordine erano diventate più parsimoniose verso noi giornalisti. La vittima non aveva un profilo social. Quello dell'amica aveva una privacy rigorosa e si vedeva solo una sua immagine del profilo. Riservate, queste polacche.

Kasia prese il telefono, Marek le rivolse uno sguardo di disapprovazione ma non parlò. La polacca dagli occhi belli mi mostrò uno scatto. Erano lei, Marek, incredibilmente sorridente – sebbene quel ghigno paresse più una paresi che un sorriso vero – e una donna bionda, con gli occhi celesti, la pelle chiarissima, le labbra sottili e un'espressione sveglia. Una donna piacente, tutto sommato: non bellissima, ma interessante.

«Questa è povera Zofia. L'abbiamo fatta quest'estate la foto».

Le chiesi se poteva darmela. Lei me la girò su Messenger. Era un bel colpo. *Addina ca camina, s'arricogghi ca vozza china*, diceva sempre mio padre. Ossia, la gallina che cammina ritorna col gozzo pieno. È così che si fa questo mestiere, consumando le scarpe. Anche se ormai quasi non s'usa più.

La polacca mi parve commuoversi nel guardare la foto dell'amica, ma fece di tutto per non darlo a vedere. Kasia aveva un'aria fiera ma delicata, uno sguardo gentile da sognatrice, ma anche un'espressione profonda, che denotava una personalità forte, seppur cortese.

«Che tipo era Zofia? Aveva molti amici?».

Kasia scosse il capo.

«No, era molto... Lei era, non so la parola giusta in italiano...».

«Riservata?»

«Sì, esatto. *Riservata.* Non frequentava molte persone. Noi due eravamo suoi amici. E pochi altri, tutti polacchi. Ma non siamo tanti i polacchi a Palermo. Rumeni tanti, polacchi pochi».

«Aveva un fidanzato?»

«No. Aveva avuto un fidanzato italiano, ma si erano lasciati l'anno scorso».

«E come si chiama questo fidanzato?».

Marek corrucciato incalzò Kasia.

«Dobbiamo andare».

Mi rivolsi direttamente al gigante imbronciato.

«Com'era Zofia secondo lei, Marek?».

Lui fece spallucce. E rispose attingendo anche al siciliano.

«Lavorava, *mischina*. E mandava soldi a casa. Spendeva *picca*, poco, voleva risparmiare tutti i soldi che poteva. Era un po' tirchia».

Kasia lo redarguì con uno sguardo di disapprovazione, lui non sembrò cogliere.

«È venuto qualche suo parente dalla Polonia in questi giorni?»

«Sua sorella arriverà oggi. Era malata e non è potuta venire prima».

«Come si chiama?»

«Faustyna», rispose Marek.

«Mi aiutereste a mettermi in contatto con lei quando arriva?»

«Sì, se lei vuole. Ora però dobbiamo andare».

Marek lo disse alzandosi in piedi. Il nostro tempo era scaduto. Poggiò una sua manona sulla spalla di Kasia, che a quel punto lo imitò, sembrava ancora imbarazzata. Avevo la sensazione che si stesse sforzando di non dirmi qualcosa. Ma per il momento, mi dissi, andava bene così.

«No, no, il cognome esiste, caro mio».

Giulia ha mille risorse. È sempre stata così. Le stavo raccontando della mia chiacchierata con i polacchi, per mostrarle che avevo preso sul serio la faccenda, proprio come lei aveva chiesto. Mi stupiva un po' accorgermi di quanto peso dessi alla sua approvazione. Le avevo riferito di quel cognome, Rampazzo, che immaginavo sbagliato.

«Io non l'ho mai sentito».

«È un cognome veneto, perché loro sono veneti».

«Magari li conosci pure».

«Sì, diciamo. Sono, anzi meglio, sono stati, abbastanza in vista, ma tanto tempo fa».

«Perché, chi cavolo sarebbero questi?».

Giulia si alzò dalla sua scrivania e venne a sedersi sulla mia, come era solita fare un tempo lontano. A quel punto posai il telefono, che stavo tenendo in mano continuando a scambiarmi messaggi con Laura Scelsi, quel pomeriggio particolarmente in vena di cazzeggio.

La mia collega mi parlò a voce più bassa, sistemandosi la giacca celeste, forse una donna la definirebbe avion, io con i colori non sono mai stato bravo. Le donava molto quella tinta.

«Tu non sai niente di questa città, Corsaro, solo cose di sbirri e ammazzatine. Di' la verità».

No, anche di femmine aperte alla vita e di mariti cornuti, a dirla tutta. Ma glissai sul punto.

«Avanti, professoressa Accardo, fammi la tua lezioncina».

«Ivo Rampazzo era un pezzo grossissimo del Banco di Sicilia. È morto da almeno dieci anni, forse di più. Era veneto, ma ha vissuto qua una vita. Perché aveva sposato una palermitana. La signora di cui ti hanno parlato deve essere la vedova, che facendo due conti oggi dovrebbe avere tra gli ottanta e i novant'anni. Gente molto benestante, conosco bene una loro amica di famiglia, cose di circolo».

Ah, i circoli, la riserva protetta della Palermo bene. Non erano posti per me. O meglio, lo erano stati solo per andare a caccia quando la gran parte del mio tempo libero era dedicata alla mia attività di *femminaro*, una vita fa.

«Magari questi potrebbero raccontarmi qualcosa della polacca. Sul fronte delle indagini non esce quasi niente. Se voglio tenere alta l'attenzione sull'omicidio posso solo raccontare chi era la vittima».

«Guarda, la signora che tu mi stai dicendo è morta da poco, per quanto ne so io era abbastanza acciaccata. Ha due figli. Il maschio è uno che dice di essere un avvocato. Frequenta il bel mondo di questa città ma ha fama di squattrinato, la mammina pare che lo tenesse a stecchetto. L'ho visto un paio di volte, un tipo un po' viscido. E poi c'è la figlia femmina che mi pare stia in Veneto, ha ritrovato le sue radici. Credo sia una specie di manager, o qualcosa del genere».

«Magari li cerco», proposi.

Giulia mi concesse un sorriso dei suoi, che le illuminò il viso.

Mi stavo cacciando in un brutto affare. O forse in due brutti affari, pensai.

6
Racconto di Roberto Corsaro

Riuscii a resistere due giorni. Nei quali il pensiero della vecchietta mi tormentò senza tregua, come un alimento indigesto. Alla fine, mi arresi.

Era il 17 dicembre, circa un mese e mezzo dopo i fatti raccontati da mio fratello Fabrizio. Le persone normali erano focalizzate sulla ricerca dei regali e sull'organizzazione del cenone di Natale, mentre l'avvocato Corsaro, libero dalle udienze in tribunale quella mattina, se ne stava rintanato nel suo studio rimuginando ancora sulla signora Caruso e sul suo inquietante presagio.

E dire che avrei avuto altro su cui riflettere. Mia figlia Rebecca, ad esempio. La sua vena battagliera, tipica della fase del conflitto adolescenziale, non accennava a diminuire. Anzi. Fino alla sera prima avevamo avuto un battibecco. Studiava pochissimo, cominciava a prendere brutti voti, una cosa che non le era mai accaduta in passato, e trascorreva un po' troppo tempo per i miei gusti con un'amica, Leila si chiamava, che circolava per casa mia abbigliata, o meglio disabbigliata, in un modo che mi pareva francamente eccessivo. Mia moglie cominciava a dare segni di resa. Aveva incrociato le lame più volte con la nostra primogenita ma da qualche tempo la vedevo più accondiscendente, quasi rassegnata. E non era da Monica.

E poi c'era Giacomo, il mio secondo, che al traino di certi suoi compagni si era messo in testa di frequentare lo stadio, in mezzo agli ultrà, un'ubicazione che doveva sembrargli il non plus ultra della trasgressione per la sua età. Dopo una trattativa estenuante, che al confronto quella della crisi dei missili di Cuba era stata una scampagnata tra amici, avevamo raggiunto un compromesso: stadio sì, ma solo in compagnia del padre del suo compagno di merende Marco Sullis, sfegatato tifoso rosanero.

Insomma, a ben pensarci, forse, l'ossessione del pensiero della vecchietta l'avevo abbracciata come un diversivo per allontanarmi dai crucci del complicato mestiere del genitore. Fatto sta che quella mattina scesi giù in strada, avvolto in un bel giubbotto pesante che mi aveva regalato la mia Monica. Cominciava a esserci un pizzico di freddo invernale, poca roba a dire il vero, ma quanto bastava perché i palermitani finalmente tirassero fuori dall'armadio i capi dimenticati dopo quella specie di estate infinita che si era protratta fino a novembre.

Passeggiai con le mani in tasca fino al portone del palazzo della defunta. E notai il portiere, che quando mi ero intrufolato a curiosare, il pomeriggio di un paio di giorni prima, non si era visto.

Era un palermitano sulla cinquantina scarsa, capelli abbastanza lunghi ma fronte stempiata, occhi sporgenti come la panza da bevitore di birra, colorito verdognolo e un'aria sognante nel suo sguardo perso nel nulla, quello tipico di chi non ha un cazzo da fare, se mi permettete questa innocua volgarità.

Non seppi resistere e lo abbordai.

«Buongiorno, è il portiere lei?».

Il tizio si gonfiò come un batrace in amore.

«Prego dottore», rispose con una erre arrotata e fasulla.

«Ah, mi scusi, ero passato un paio di giorni fa e non l'avevo vista. Ma era pomeriggio».

Non sapevo da dove cominciare.

«Il pomeriggio la portineria è aperta *'nfino* alle sei».

Continuava a sfoggiare quella parlata finta affettata con erre roboanti e vocali forzatamente tutte chiuse, ma quel colpo di *'nfino* tutto palermitano non lo aveva potuto evitare.

«Ho capito», feci, cercando di pensare alle parole giuste da dire.

«Cosa desidera, scusi?», legittimamente si informò il portiere.

Ecco, era una bella domanda. La risposta vera era che non lo sapevo nemmeno io.

«Sa, io conoscevo la signora Guccione in Caruso. Ho appreso che è mancata in questi giorni...».

«Eh, sì, pace all'anima sua povera signora. Se n'è andata così, da un giorno all'altro. Lo sa com'è, a una certa età succede. Purtroppo la vecchiaia questa è. Come diceva sempre il professore del quarto piano: *quant'è bella 'a giovinezza che si fugge tutta a mmia...*».

Sì, *a mmia, a ttia* e a tutta la compagnia.

«Ma non stava tanto male», obiettai.

«Non ci stava più tanto con la testa, *mischina*. Ma fisicamente, sì, pareva stare discretamente. Però c'era l'età, ottantatré anni aveva, quasi ottantaquattro».

Già che ero in ballo, bisognava ballare. E lo dissi. Cercando di buttarla lì con *nonchalance*.

«Ma ci sono stati sospetti sulla morte?».

Il portiere se la rise e mi guardò come si guarda uno stravagante.

«Sospetti? Ma che va dicendo? Qua nel palazzo l'anno scorso il professore Russo, quello del quarto piano, pure così fu: stava bene, giocava a carte e guidava, a ottantacinque anni. Un giorno *stiede* male – disse così, anziché *stette*, i palermitani la usano quella forma – e l'indomani morì. Non lo so che minchia ci hanno messo dentro a tutti con i vaccini quando fu del Covid, caro signore».

Annuii solenne. Mi chiesi se fosse servita alla causa qualche sparata complottista sul 5G, ma non volli strafare.

«Senta, ma com'è questa storia del figlio della signora?»

«Il figlio?»

«Sì, la signora aveva un figlio, no?»

«Certo, ma morì una vita fa. Manco lavoravo qua quando è successo».

«E come è morto?»

«Un incidente stradale, credo. So che era giovane, si doveva sposare. Purtroppo, è la vita. *Ed è subito sera*, diceva sempre il professore buonanima. Quante ne sapeva quel cristiano! Un cervellone internazionale».

Fu allora che fummo interrotti dall'arrivo di un giovanotto, un moretto sui venticinque, con la divisa da banconista e un vassoio in mano.

«Buongiorno», fece il picciotto del bar educato.

«E buongiorno, Samuele», rispose il portiere.

«Salgo dalla dottoressa Ortolano», fece il ragazzo e sparì.

«Bravo picciotto, lavoratore», commentò il portiere.

Cercai di riprendere il filo del discorso interrotto.

«Ma il figlio della signora si chiamava Nino?»

«Non lo so, gliel'ho detto che non l'ho conosciuto. Ma secondo me lei sta facendo confusione con qualcun altro, gentile amico».

«In che senso, scusi?»

«Lei mi dice Nino. Che c'entra Nino?»

«Scusi, continuo a non capire».

«Nino era la badante della signora Enza».

Lo fissai sollevando un sopracciglio.

«Nino era *la* badante? Femmina?»

«E certo, nome di *masculo* ma *fimmina* è. O almeno,

ufficialmente passa per femmina. È russa, o qualcosa di queste. Quand'ero bambino io, erano tutti russi, ora spuntarono cinquanta Paesi diversi che ci vuole l'enciclopedia sottomano».

Ma certo! Nino, come Nino Machaidze, splendida soprano georgiana, una delle mie predilette della sua generazione. Non pensavo ci fossero georgiani qua a Palermo.

«È della Georgia, forse».

«Che Giorgia e Giorgia, Nino si chiama. Una brava cristiana. Ora restò senza *travagghiu*». Si era rilassato e scivolava volentieri nel vernacolo.

Che si trattasse della badante filava eccome. A lei, dunque, aveva risposto al telefono l'anziana signora Enza, dopo essere sgattaiolata da casa per venire a trovarmi allo studio per propormi quello strampalato quesito.

«Senta, ma quanto ai parenti della signora. Intendo i parenti più prossimi...».

Il portiere roteò la mano, come a dire *glieli raccomando.*

«Un nipote aveva, che si faceva vedere ogni tanto. A me, con rispetto parlando, non m'è piaciuto mai. Oddio m'avesse salutato una volta. Si chiama Guccione Salvatore, detto Totò. È il figlio del fratello della signora».

«Esatto, proprio di lui cercavo. Volevo chiamarlo, o scrivergli, per fargli le condoglianze. Non è che lei ha un suo recapito?».

Il portiere si gonfiò d'orgoglio.

«Certamente, siamo qua per questo. Ma, se posso permettermi, gentile signore, lei chi è?».

Senza esitare tirai fuori dal taschino un biglietto da visita e glielo allungai.

«Avvocato Corsaro. La signora era stata mia cliente».

In fondo, era solo una mezza bugia.

7
Racconto di Fabrizio Corsaro

Il 7 novembre, un mese abbondante prima delle vicende raccontate da mio fratello, mi prese un prurito all'anima in una zona non meglio identificata. Un po' come quando ti punge una zanzara: senti una fastidiosa sensazione urente in una certa parte del corpo e solo se ti gratti, il punto preciso appare con evidenza sotto forma di ponfo. Ecco, quel giorno, non avevo nessuna intenzione di grattarmi lì dove doleva per individuare l'epicentro del mio malessere, non volevo pormi domande, cercare risposte, riflettere su me stesso. Sentivo solo il bisogno di non pensare a quel prurito, distraendomi con altro. E così mi buttai a capofitto nel lavoro, anche se era il mio giorno libero.

Dalla Omicidi continuava a non trapelare nulla a proposito delle indagini sulla morte di Zofia Kowalska. Il poco che si era appreso era che la donna aveva cercato con ogni probabilità di opporsi al suo carnefice, con scarso successo evidentemente, e che forse c'erano delle tracce di Dna su cui la scientifica avrebbe potuto lavorare. La polacca era stata praticamente ammazzata di botte, aveva avuto un'emorragia interna conseguente alle percosse. Non solo: l'assassino aveva cercato di strangolarla e non era da escludere che fosse stato interrotto sul più bello dall'arrivo di Kasia Nowak.

Di solito, questo genere di casi si risolvono in uno o due giorni. Un tempo la pratica era più laboriosa ma da anni, ormai, la polizia raccoglieva tutte le immagini delle telecamere della zona e si accomodava a guardare il film, incastrando quasi sempre così l'assassino. Purtroppo per Barresi, Morgano e compagni, in quell'angolo dimenticato di Palermo, tutta questa abbondanza di telecamere non c'era. E bisognava lavorare all'antica, come ai tempi in cui gli omicidi alle volte la facevano persino franca.

E allora, mi dicevo, non resta che insistere sul racconto della vittima. L'articolo che avevo scritto dopo la conversazione con Kasia e Marek era venuto fuori abbastanza bene. Bosco lo aveva richiamato in prima, con una grande foto di Zofia, di cui nessuno ancora aveva visto la faccia. Laura Scelsi mi aveva telefonato il giorno dopo per farmi i complimenti. E la cosa mi aveva fatto piacere anche perché da un po' avevo la sensazione che nessuno più lo leggesse il nostro giornale.

«Bravo, hai tirato fuori tutta la tua sensibilità», mi disse la mia professoressa preferita.

«Allora devo cercare di rimetterla a posto prima che qualche *femme fatale* ne approfitti per spezzarmi il cuore».

«Tu dici che c'è questo rischio? Ne dubito».

Chissà cosa voleva dire. Quel pruritino di cui accennavo mi suggerì di non indagare.

«Ma quando ci vediamo noi due?».

Laura fu lesta a rispondermi.

«Oggi?»

«Oggi sono libero. Anche se devo fare una cosina di lavoro nel primo pomeriggio».

«Quando finisci prendi Nico e venite da noi. Ordiniamo porcherie, mi sento in vena di trasgressioni».

Ne avevo incrociate tante di donne in vena di trasgressioni. Ma quelle se avevano voglia di porcherie, si rivolgevano a me, non a un fast food. E non mi invitavano con bambini al seguito.

«Aggiudicato», risposi, avvertendo ancora odioso il prurito.

Avevo recuperato i numeri di telefono degli eredi Rampazzo. Stefano, il figlio maschio, era avvocato ma non esercitava la libera professione. Lavorava in una impresa edile, gente discutibile, che il mio collega Pippo Nocera conosceva bene. Non erano mafiosi o delinquenti, sia chiaro, ma avevano un po' tutti fama di cocainomani, e tutti frequentavano un locale trendy in cui il titolare, a quanto si diceva in giro, riforniva gli amici alla bisogna, e non solo di bevande e pietanze. Pippo conosceva solo di vista il Rampazzo ma aveva rimediato facilmente il suo numero e pure quello della sorella, Alessandra, quarantatré anni, che aveva avuto in gioventù fama di gran bel bocconcino, prima di trasmigrare in Veneto, lì dove il defunto padre aveva avuto i natali.

L'avvocato aveva ignorato due mie chiamate. La sorella, invece, al secondo tentativo mi aveva risposto un po' scocciata. Mi ero presentato e sfoderando tutto il mio charme ero riuscito a strapparle un appuntamento, ma solo per l'indomani. La Rampazzo, infatti, si trovava a Palermo in quei giorni, indaffarata appresso a scartoffie varie dopo la morte della madre. Seppur con poco entusiasmo, mi disse che mi avrebbe ricevuto proprio a casa della genitrice.

La serata brava con Laura Scelsi e i bambini aveva avuto come massimo livello di trasgressione un'abbuffata di cheeseburger e patatine, con successiva visione di un film della Pixar, durante la quale la prof mi si era addormentata sulla spalla, lasciandomi addosso per un pezzo il suo buon profumo.

L'indomani mi ero presentato puntuale, alle undici, al mio *rendez-vous* a casa Rampazzo. A Palermo faceva un caldo estivo, anche se era l'8 novembre. E non era la solita estate di San Martino, era ancora il codazzo della bella stagione precedente che non era mai terminata. La buonanima di Lilla D'Amico vedova Rampazzo – scoprii il suo cognome da nubile leggendolo sul citofono – aveva abitato dalle parti di via Notarbartolo, in centro, in una zona per gente con i soldi. L'appartamento si trovava all'attico di questo bel palazzo vicino all'albero Falcone e al trambusto impazzito di quella strada elegante ma con livelli di inquinamento acustico e atmosferico sopra i miei standard di sopportazione.

Era una casona come si usava un tempo, un salone grande come tre vani, arredato secondo un gusto molto anni Ottanta e pieno di quadri alle pareti, fra questi gli immancabili Fiume dell'epoca, che dava su un grande balcone stracolmo di piante. Alessandra Rampazzo mi aprì la porta mentre parlava al cellulare con lessico da manager, in un tripudio di termini inglesi. Mi fece cenno di pazientare, con una smorfia eloquente che diceva più o meno: *che ci vuoi fare se sono una donna d'affari con una vita incasinata e non un giornalaio fancazzista come te?*

A gesti mi invitò a seguirla e sempre con un cenno mi propose di accomodarmi sul divano di pelle nera, mentre lei ancora parlava e parlava di *briefing*, di *meeting*, di *call* e di *board*, con un accento spurio, settentrionale in apparenza ma con scivolate sul palermitano con tanto di vocali spalancate. Mi lasciò a mollo per un pezzo, a guardarmi attorno e a sentirmi di troppo e fuori posto come un'acquasantiera in una casa d'appuntamento. Guardai le foto incorniciate su una credenza d'antiquariato. La buonanima della vedova Rampazzo mi osservava dentro un'elegante cornice d'argento, come il colore dei suoi capelli. Nel primo piano sembrava già parecchio avanti negli anni, sorridente, allegra e truccata: la foto, immaginai, doveva essere stata scattata per qualche ricorrenza. La sua collana di perle brillava quasi quanto i suoi denti bianchissimi.

Finalmente la donna in carriera depose lo smartphone e si avvicinò. La sua fama di bella donna, osservandola meglio, mi parve generosa. Sì, aveva un viso armonioso e un paio di occhioni celesti molto belli, ma immaginai che dovesse essersi alquanto appesantita rispetto ai suoi anni d'oro in cui s'era conquistata la nomea. Avvolta in un tailleur pantaloni molto elegante si sedette di fronte a me accavallando le gambe.

«Mi scusi, ho dovuto mollare un sacco di cose a Padova. Nelle ultime tre settimane sarò stata in Veneto sì e no cinque giorni. Siamo pieni di incombenze qui a Palermo».

«Per la morte di sua madre?»

«Sì, purtroppo. Non si può neanche morire in questo Paese senza che lo Stato ti perseguiti con la sua burocrazia».

«Condoglianze, anzi tutto».

Le porsi la mano, lei me la strinse.

«A proposito, Alessandra Rampazzo, piacere», fece, mantenendo la stretta.

«Fabrizio Corsaro, piacere».

«Non ho ben capito come possiamo esserle utili».

«Semplicemente sto cercando di ricostruire la vicenda di Zofia Kowalska, che, come saprà, è stata assassinata nei giorni scorsi. Sto parlando con le persone che la conoscevano per tracciarne un ritratto. E so che aveva lavorato per sua madre a lungo, viveva in questa casa, se ho ben capito».

«Sì, è stata qui per più di due anni. Mamma negli

ultimi tempi cominciava a essere meno presente a sé stessa. C'era bisogno di qualcuno che la accudisse tutto il giorno, io purtroppo vivo altrove e mio fratello... be', mio fratello ha la sua vita».

La smorfia e l'intonazione lasciarono intendere che di quella *sua vita*, la sorella non fosse troppo entusiasta.

«Quando è mancata vostra madre?»

«Il 12 ottobre».

«E Zofia è andata via subito dopo?»

«Le abbiamo detto che poteva restare un po' qui. Ma una settimana dopo la morte della mamma è andata via, aveva trovato una connazionale per dividere casa provvisoriamente. Credo che sia il posto dove è stata aggredita, povera donna».

Alessandra Rampazzo si produsse in una smorfia di dispiacere, mi domandai quanto sincero e quanto di circostanza, mentre calcolavo quanto dovessero costare i vestiti e i gioielli che indossava: non poco.

«E aveva portato via tute le sue cose?».

La manager siculo-veneta sorrise.

«Tutte... Era poca roba, davvero. Comunque, sì».

«Come la avevate trovata?»

«L'ha trovata mio fratello. Un'amica di famiglia aveva una badante anche lei polacca e... Così, insomma, un passaparola».

«E vi trovavate bene?»

«Certo, sennò non sarebbe stata così a lungo, non trova? Però, sa, io vivo in Veneto, vengo qui solo ogni tanto, non la conoscevo benissimo. E lei non parlava ancora tanto bene l'italiano, insomma, non si faceva chissà che conversazioni. Comunque era una donna a modo, mamma ci si trovava bene. E mia madre non era una persona facilissima».

Il rumore delle chiavi che giravano nella toppa della porta di ingresso la interruppe sul finire della frase.

Stefano Rampazzo fece la sua apparizione. Era un cinquantenne abbronzato, con i capelli radi e tinti, borse gonfie sotto agli occhi e un naso aquilino alquanto ingombrante. Aveva un fisico da pilone di rugby, non proprio grasso, piuttosto massiccio. La sorella ci presentò e l'avvocato, o sedicente tale, non si sforzò nemmeno di celare il fastidio che la mia visita arrecava alla sua persona.

«Il dottore Corsaro voleva sapere di Zofia».

«Mah, che schifo, che mondo è diventato questo», fece il Rampazzo allargando le braccia sconsolato.

«Non c'è più rispetto per la vita umana», aggiunse la sorella. E non ci sono più nemmeno le mezze stagioni, avrei voluto dire io, ma evitai.

«E come mai lei è qui e non dietro la porta di qualche suo amico magistrato che le passa le carte riservate?», fece con aria sprezzante il sedicente avvocato.

«Non ho molti amici magistrati».

«Strano. Voi giornalisti sembra che non sappiate fare altro che farvi dettare le cose da loro. Sapete fare la voce grossa con i potenti fasulli, i politici, ma con quelli veri vi guardate bene dal farlo».

Questo voleva solo farmi perdere tempo. Avrei dovuto liquidarlo con un sorriso, ma ci cascai.

«La sua mi sembra una generalizzazione. Anche un po' gratuita».

Rampazzo se la rise platealmente.

«Sì, come no. Ma davvero non lo capite che è su questo che si fonda il potere più assoluto di questo Paese? Mi permetta: immagini che domani si faccia una legge, e si istituisca una categoria di persone che hanno licenza di uccidere chiunque impunemente. Esisterebbe qualcuno più potente di loro? Lei pensa che possa esserci davvero un potere superiore a chi può annientare vite senza mai pagare dazio? Impossibile. Perché nessun potere, anche il più robusto e spietato sarebbe esente dalla paura verso quella categoria di onnipotenti. E l'intreccio perverso tra le procure e la stampa non è forse la chiave di tutto, quella in grado di annientare qualsiasi vita? Di dare la morte, non fisica ma civile a chiunque? È impossibile non vederlo. Certo, tranne che per gli idioti e le persone in malafede. Ossia un buon novanta per cento dell'umanità».

«Certo, è sempre colpa dei giornalisti, gira e rigira. Lei non pensa che l'opinione pubblica abbia il diritto di sapere?».

Era una frase degna dei miei colleghi sindacalisti. Stavo quasi per scoppiare a ridere da solo ma tenni il punto.

«I giornalisti sono lo strumento, gentile amico. Riporti nero su bianco pagine e pagine di intercettazioni e di giudizi dei magistrati su un indagato che è stato arrestato, uno che ancora non ha avuto modo di difendersi, e lo ammazzi. Gli lasci addosso uno stigma eterno. Poi se fra sei anni quel tizio sarà assolto non lo saprà nessuno, non lo ricorderà nessuno. Si è fatto parlare solo l'accusa».

«Le ordinanze di cui lei parla non sono *l'accusa*, le firma un giudice terzo, il gip».

«Sì, un giudice che fino a quel momento non ha mai sentito l'accusato o un suo avvocato. Almeno ai tempi dell'Inquisizione li interrogavano, con le catene e i ferri roventi ma prima li interrogavano. Dice che l'opinione pubblica ha il diritto di sapere? A questo servono i giornalisti? Bene, allora mi dica una cosa: perché non ho mai, dico mai, letto un articolo che dava notizia di un'assoluzione in cui si citava il nome del pm che aveva sostenuto l'accusa e magari aveva fatto arrestare l'imputato poi giudicato innocente?»

«Ma che c'entra questo?».

C'entrava eccome. Ma neanche sotto tortura gli avrei dato la soddisfazione di riconoscere che un po' di ragione ce l'aveva.

«Va bene, va bene, cambiamo argomento. Lei voleva sapere di Zofia».

«Sì. Mi può dire qualcosa di lei? Che tipo era?»

«Una lavoratrice. Parlava poco, buongiorno e buonasera, ma con nostra madre ci sapeva fare. Guardi, io non so cosa si aspetta di sapere da noi, ma non credo che potremo esserle d'aiuto, francamente. E, mi creda, in questo momento siamo pieni di pensieri. Una successione è un lavoro in questo Paese di sanguisughe. Non si può manco morire. Non le dico che salti mortali abbiamo dovuto fare per la cremazione. Il forno dei Rotoli è sempre sfasciato. Questo è il terzo mondo, porco Giuda».

Sì, ho capito, mi stai dicendo di togliermi dalle scatole. Senza manco offrirmi un caffè o un bicchiere d'acqua. Ma dove avete imparato a campare in questa famiglia?

Dissi altro.

«Vostra madre non era autosufficiente?».

La figlia mi rispose.

«Non stava benissimo. Aveva problemi di salute importanti. E anche con la testa perdeva qualche colpo. Ma se la cavava, povera».

Le parole di pietà facevano uno strano effetto uscendo dalle labbra di quella donna che pareva gelida, una specie di statua di ghiaccio.

«Un anno fa quasi neanche camminava più, poi quel La Malfa la aveva un po' rimessa in sesto», si inserì il fratello abbronzato.

«Chi è La Malfa?».

Mi rispose Stefano.

«Alessio, il fisioterapista veniva qui a casa una volta

alla settimana. Ce lo ha mandato il dottore Realmonte, il medico di famiglia. Si fa pagare ma è bravo».

Appuntai i due cognomi nel mio taccuino.

«E Zofia cosa faceva per vostra madre?».

Il Rampazzo maschio rispose, sempre con la sua aria infastidita.

«Un po' tutto. Lavava, stirava, cucinava, aiutava mamma a fare qualsiasi cosa. Aveva due giorni liberi alla settimana e allora cercavo di venire io qui. O se mia sorella era a Palermo ci stava lei».

Alessandra aggiunse una nota a mo' di post scriptum.

«Era una donna di poche parole ma una grande lavoratrice».

Passai alla domanda successiva.

«Quando avete appreso della sua morte cosa avete pensato?».

Stefano fu di nuovo più lesto della sorella a rispondere.

«Ma cosa vuole che pensi uno davanti a una cosa del genere? Che in Italia ormai la delinquenza è dappertutto. Con tutti questi immigrati ovunque. Camminare la sera ormai è un pericolo».

«Ah, perché lei pensa sia stato un immigrato?»

«Ma sarà stata una cosa tra loro. Questi stranieri vengono a portare crimini e miseria».

Era meglio se ci tenevamo il monopolio nostro, di crimini e miseria intendo? Mi sforzai di controllarmi.

«Ma lei ha appena detto che Zofia era una grande lavoratrice e una persona apprezzabile. Ed era un'immigrata anche lei».

«E guardi com'è finita. Un conto sono le persone che vogliono venire qui a lavorare onestamente, un altro tutti questi poco di buono che razzolano per strada e nessuno ufficialmente sa come campano. Poi, diciamolo, questi dell'Est bevono, si sa. Una volta notai un tizio ronzare qua attorno. Non mi piaceva per niente.

L'ho visto con lei e una volta le ha fatto una mezza scenata, mi è sembrato un violento. Ne ho parlato con Zofia e lei mi disse che era una specie di suo cugino e che stavano solo scherzando. Ma non mi convinse affatto».

«E come era questo mezzo cugino?»

«Un bestione alto e largo come un armadio. Con gli occhi chiari da duro e i capelli corti. E mani grosse da muratore».

Magari la descrizione sarebbe calzata a qualche altro centinaio di immigrati dell'Est ma davanti ai miei occhi in quel momento apparve nitida l'immagine di quel simpaticone di Marek.

8
Racconto di Roberto Corsaro

Non aveva alcun senso, non c'era nessun motivo. Era una di quelle cose stupide che mio fratello avrebbe fatto. Anzi, che mio fratello *aveva* fatto. Eppure ci pensavo in continuazione. Cosa voleva dire tutta quella storia? Subito dopo però obiettavo a me stesso: quale storia? Non c'era nessuna storia. Una vecchia era morta. E i vecchi muoiono, funziona così la vita. Ma non riuscivo a liberarmi da quel tarlo. Anche se avrei avuto ben altri pensieri a cui dedicarmi. A partire da mia madre. A novembre, poco dopo i fatti narrati fin qui da mio fratello, aveva preso uno scivolone per strada e si era rotta una gamba. Un pessimo affare. All'inizio avevamo cercato di darle una mano noi: io, Fabrizio, Monica, ma avevamo issato bandiera bianca quasi subito. Avevamo trovato, tramite i buoni uffici di alcuni miei amici impegnati nel volontariato, Fatima, una signora marocchina, e gliela avevamo infilata in casa, tra le sue vibranti proteste.

Era davvero un grosso pensiero. Eppure, in quei giorni di metà dicembre continuavo a inseguire il ricordo del mio incontro con la vecchietta passata a miglior vita. Perché di quella assurda e surreale conversazione conservavo memoria di ogni singola parola. Sono sempre stato così. Mi dici una cosa e dopo cinque minuti me la sono scordata. Ma ci sono parole, le parole di un film, di una canzone, magari anche di una conversazione, che mi colpiscono e si scolpiscono nella mia memoria come i comandamenti sulle tavole di Mosè e ci restano per l'eternità.

E così, senza una ragione che fosse davvero sensata, cercai e trovai questo nipote della buonanima di Enza Caruso, Totò Guccione. Lo chiamai al numero che mi aveva rimediato il portiere appassionato di citazioni poetiche e gli spiegai sommariamente che avevo conosciuto la zia e che volevo riferirgli dei dettagli del nostro curioso incontro. Lo invitai al mio studio, lui declinò perché molto impegnato, gli proposi allora di raggiungerlo io e alla fine, seppur recalcitrante, acconsentì di ricevermi a casa sua l'indomani, il 19 dicembre.

Abitava in un palazzone in via Leonardo da Vinci, quasi all'altezza della circonvallazione. Era una zona abbastanza moderna della città, una sorta di terra di mezzo, abitata per lo più da quel che restava di quello che un tempo si chiamava ceto medio. In mezzo da qualche anno la tagliava il percorso del tram, ai lati si stagliavano grossi edifici moderni. Girai un po' alla ricerca di un parcheggio e alla fine lo trovai proprio a due passi dalla scuola di danza da cui pochi mesi prima era scomparsa Elena Vitale, la ragazzina appresso alla quale io e Fabrizio avevamo rischiato di lasciarci la pelle. Sulla porta di casa, una targa piuttosto nuova diceva "Professor Guccione", senza riferimenti a coniugi. Scampanellai e il nipote della buonanima venne ad aprirmi, presentandosi al mio cospetto con i capelli brizzolati alquanto arruffati e gesti maldestri da intellettuale imbranato.

Era un geologo di cinquantasei anni, avevo scoperto cercando di lui su Google, ricercatore all'Università. Mi fece accomodare nel suo appartamento in cui regnava un disordine senza speranza. La posta giaceva sparpagliata su un tavolo del soggiorno: riviste scientifiche, pubblicità varia, un paio di lettere dell'Agenzia delle entrate. Attraversai l'appartamento seguendo il padrone di casa, che borbottava ripetutamente *si accomodi* come un mantra da bramino. Aveva gambe secche e lunghe, come zampe di cicogna, con le quali avanzava a passo spedito. Non scorsi tracce di presenza femminile in casa, esclusa la fotografia di un bel volto di ragazza, non più di vent'anni poteva avere, sorridente e solare.

Finalmente entrammo nello studio del professore, che traboccava di libri accatastati in ogni dove, in un tripudio di caos che faceva quasi girare la testa. Mi fece accomodare su una poltroncina e spostò la sedia della sua scrivania di modo che potessimo stare uno di fronte all'altro senza niente in mezzo.

«E allora, avvocato, veniamo a noi: di cosa dobbiamo parlare?».

Non mi parve un incipit incoraggiante. La sua espressione era chiaramente disturbata, come il suo tono, come le mani senza fede e dalle unghie rosicchiate che stavano poggiate sulle cosce magre in una posa impaziente, come lo sguardo di quei suoi occhietti verdastri, dietro un paio di lenti spesse appoggiate su un naso voluminoso come le orecchie dai lobi enormi. Sì, Totò Guccione non era esattamente un adone.

«Come le ho anticipato al telefono, ho avuto un curioso incontro con sua zia poco prima della sua morte improvvisa. E anche se si tratta probabilmente di un episodio senza importanza, ho trovato corretto portarlo a conoscenza della sua famiglia».

«Sì, ho capito, anche se non vedo come... Ad ogni modo, sono qui per ascoltarla. Prima però posso offrirle un caffè?».

Gentile da parte sua. Stavo per rispondere un *no, grazie* come faccio sempre – il caffè e la mia gastrite da reflusso non vanno d'accordo – ma mi venne un gran desiderio di restare solo per qualche prezioso secondo e rilanciai.

«No, però accetterei un po' d'acqua, grazie».

Il professore annuì e si diresse verso la cucina. Mi alzai e presi a sbirciare qua e là, dalla scrivania agli scaffali. Notai, in mezzo a quello scompiglio, almeno un paio di cose degne di nota. Una era una rivista di ippica, di quelle che pensavo esistessero solo nel film *Febbre da cavallo*. Ce ne erano un paio di copie scompaginate in mezzo al disordine generale. La seconda era un'altra fotografia della ragazza di prima, più giovane però in quello scatto, forse tredicenne o qualcosa del genere, che abbracciava in una stretta affettuosissima la donna che aveva scampanellato a casa mia il pomeriggio del primo dicembre.

Guccione tornò con l'acqua e prese posto. Entrando notò che osservavo la fotografia.

«Mia figlia Virginia. L'unico buon retaggio di un matrimonio andato male».

«Molto bella, complimenti».

«Sì, ha preso una delle poche virtù della madre. Bene, avvocato, ora se vuole dirmi...».

Mi schiarii la voce come prima di un'arringa, mi misi comodo e gli raccontai tutto di quel pomeriggio del primo di dicembre. Guccione mi ascoltò senza mai interrompermi, ogni tanto un sorrisetto appariva sul suo viso sgraziato, in corrispondenza del racconto di qualche sparata divertente della zia defunta.

Quand'ebbi terminato, il geologo mi squadrò con un'espressione che chiaramente significava: *e allora?*

«Che ne pensa?», lo spronai.

«Che mia zia Enza negli ultimi tempi non ci stava più tanto con la testa. Ogni tanto scappava, usciva di nascosto, e quella povera Nino doveva andare a riprendersela. Non volevamo che vivesse da prigioniera, per rispetto nei suoi confronti, ma stava diventando ingestibile. Credo che avesse un po' di demenza senile. Lei ne ha avuto un assaggio».

«Ma perché, secondo lei, mi ha chiesto di cosa accade se un figlio ammazza la madre?»

«E che ne so? Magari avrà visto una puntata di qualche serie TV gialla e non le sconfinferava come era andata a finire. Stava sempre davanti alla televisione, come tante persone della sua età».

«La signora non aveva figli, è vero?»

«Aveva un figlio, mio cugino Renato. È morto molto giovane alla fine degli anni Novanta in un incidente stradale. Una tragedia».

Annuii e provai ad avventurarmi su un sentiero più aspro.

«E, se posso: come è morta la signora?».

Guccione fece spallucce.

«Come muoiono tutti, avvocato. Un giorno si è sentita male, all'improvviso. Aveva già sofferto di cuore in passato, qualche anno fa era stata operata, l'avevano presa per i capelli. Ha avuto una crisi a casa, Nino mi ha telefonato, io sono corso lì, chiamando anche un'ambulanza che è arrivata sul posto praticamente insieme a me. Ma lei era già morta. Aveva quasi ottantaquattro anni, avvocato mio, purtroppo non siamo eterni».

«E non avete avuto dei dubbi su questo decesso?».

Guccione se la rise.

«Avvocato, temo che lei, come la buonanima di mia zia, guardi troppe serie gialle in TV. Nessun dubbio. Quel giorno era stato a casa sua il medico di famiglia, la aveva visitata perché non era stata bene. Era debilitata. A quell'età basta poco per spianare la strada alla morte».

«Lei la aveva vista quel giorno?»

«Sì, ci ero passato proprio per vedere come stava. Anche un'amica di famiglia era andata a trovarla per questo motivo. Insomma, apprezzo il suo interessamento ma le assicuro che non c'è nulla di insolito».

Forse aveva ragione lui. O forse no.

«No, perché, sa, voi come familiari potreste richiedere un approfondimento, un esame autoptico, se aveste dei dubbi al riguardo...».

Lui se la rise, toccandosi una stanghetta degli occhiali.

«Ma quale esame autoptico. Ce la lasci seppellire piuttosto, che giace ancora lì in deposito al cimitero. Anche morire è un lusso in questa città disperata. Non abbiamo futuro, caro avvocato. Palermo sta sprofondando nel caos. E in fondo la gente questo merita. Tutti danno addosso ai politici, troppo comodo. È la gente che fa schifo».

La gente. Lo disse un po' come Tina Pica quando parlava a Vittorio De Sica in *Pane, amore e fantasia*.

«Lei dice?»

«Be', butti un occhio là fuori e lo vedrà da solo. Siamo circondati da uomini delle caverne che invece della clava tengono un cellulare in mano. Ma sguazzano nella stessa ignoranza».

«Sì, ma...».

Mi interruppe, infervorato.

«Ma non lo vede che bestie sono? Loro votano come votano. Loro si bevono qualsiasi minchiata, abboccano alle *fake news*, non leggono, non capiscono. Vadano tutti in malora».

E sì, era così. Ma quello che il tizio non capiva è che questo non lo assolveva affatto. Perché, sì, è l'ignoranza il male che affligge il nostro Paese e il nostro tempo. E sì, è quella la radice di tutto il disastro. Perché le persone ignoranti, la gente che non legge nemmeno un libro in un anno, gli analfabeti funzionali che hanno difficoltà a comprendere un testo di poche righe, sono davvero tantissime, un numero abnorme, in questo Paese che ha livelli di istruzione sconfortanti rispetto ai suoi omologhi, che è sempre ultimo o quasi nelle classifiche dei libri e dei giornali letti, che ha tassi di evasione scolastica in certe sue zone a livelli da terzo mondo e che abbandona fiumane di giovani a crescere in contesti di degrado impensabili. E tutto questo comporta che, per prendere tantissimi voti, la politica insegua quelle persone, propinando loro messaggi elementari, quasi sempre fallaci, sbagliati, meschini, rivolti alla pancia, che però acchiappano consensi come si acchiappano like su un social network. E per vincere, tutti fanno a gara a chi la spara più grossa.

Era vero, sì. Ma questo non assolveva quelli come lui. O quelli come me. Anzi. Perché nel Paese degli incolti, la colpa dei colti è doppia, poiché essi non sono stati in grado di diffondere la conoscenza e di eradicare l'ignoranza, tenendosi stretta la propria vera o presunta cultura da ostentare come una bella automobile, un abito firmato o qualche altro ammennicolo da status symbol, sentendosi così migliori degli altri e innocenti. Ma nessuno, per come la vedevo io, era innocente in quel disastro totale.

Sospirai e voltai idealmente pagina.

«Mi potrebbe descrivere questa Nino?».

Guccione sollevò un sopracciglio con un'aria beffarda.

«Perché?»

«Per capire se è lei la persona con cui ho visto andare via sua zia».

«Ma chi vuole che fosse? Certo che era lei. Una donna bassa, un po' grassa, con i capelli corti».

Era lei.

«Ora è rimasta senza lavoro...».

«Sì, ma le pagheremo il trattamento di fine rapporto, se le può interessare», fece con un tono sarcastico che non apprezzai. La mia presenza lo stava infastidendo sempre più, era chiaro.

«Era da tanto con sua zia?»

«Da dopo l'operazione al cuore, tre o quattro anni fa, mi sembra. La zia le ha lasciato anche un legato nel testamento, un gioiello che varrà almeno cinquemila euro, o forse di più. Non può lamentarsi».

«Ah, c'è un testamento?»

«Sì, avvocato, ma non credo che questo la possa interessare». Pronunciò quelle parole senza più tentare di celare il fastidio. Il messaggio era chiaro: tempo scaduto, impiccione.

Annuii e tacqui. Chiesi a me stesso cos'altro avrei potuto fare o dire. Ed ebbi netta la sensazione dell'insensatezza della mia presenza in quel luogo.

«Dunque non intende far nulla alla luce di quello che le ho raccontato?»

«Ma cosa dovrei fare, avvocato? Già mi bastano i pensieri della successione, della casa da vendere e tutto il resto. E ora, se non le dispiace...».

Si alzò in piedi.

Lo imitai, accettando il benservito con sportività.

Mi avviai all'uscita, sbirciando qua e là nel tragitto. E tutto ciò che vidi mi raccontò di una casa trascurata e decadente, che sembrava implorare aiuto. Strinsi la mano al geologo in modo sbrigativo, scusandomi per l'incomodo perché mia mamma mi ha insegnato a essere una personcina a modo, e scesi giù a piedi. Quando uscii dal portone, quasi andai a sbattere su una ragazza che a passo spedito si avvicinava.

La osservai e subito riconobbi la giovane delle foto

appena viste a casa Guccione. Era solo più alta di quanto avessi immaginato.

Mi scusai impacciato. Lei mi osservò come ridestandosi, i suoi occhi si illuminarono e la sua voce squillante come in un assurdo *deja vu* pronunciò una frase che avevo già sentito dire alla sua defunta prozia, con la stessa, identica posa.

«Lei è l'avvocato!».

9

Racconto di Fabrizio Corsaro

E alla fine, dopo giorni di paziente attesa, Agatino Barresi mi concesse il privilegio di udire la sua parlata catanese con tanto di balbuzie. Il capo della Omicidi, preso per sfinimento, mi diede appuntamento davanti a un piccolo bar alle spalle della Questura, cioè a quattro passi da casa mia.

Era il 9 novembre, ma sembrava giugno, c'era caldo e si andava in giro vestiti leggeri. Palermo, in giornate come quelle, con i turisti a passeggio e il cielo acceso d'una luce calda, sapeva trasmetterti una certa gioia, malgrado la sua consueta aria decadente. Quel brio panormita, però, non sembrava aver contagiato Agatino Barresi, che apparve al mio cospetto mogio, quasi corrucciato. Da qualche tempo si parlava di lui come prossimo a una promozione. Si diceva che sarebbe potuto andare a dirigere la squadra mobile nella sua Catania. Mi chiesi se quell'aria da cane bastonato non fosse dovuta a una delusione legata alla carriera. E con il mio consueto, proverbiale tatto, ruppi il ghiaccio chiedendoglielo, a modo mio.

«Oh, che hai? T'è morto il gatto o a Catania non ti vogliono più?»

«Non ho gatti», telegrafò lo sbirro.

«E allora hanno dato a un altro la Mobile?»

«Ma di che mi... mmi... mminchia parli?»

«Dai, lo sanno tutti che devi andare a finire lì. Non fare lo gnorri con me».

«Sei un cretino. Se ne parlerà l'anno prossimo. Ce lo prendiamo questo caffè? Non ho tu… tutto il giorno».

Sollevai i palmi delle mani in segno di resa.

«Entriamo, allora».

«No, qua no, troppi sbirri in giro. Seguimi».

E si incamminò a passo spedito per un vicolo vicino al ceppo che ricorda un episodio storico ricostruito nel *Gattopardo* di Visconti, ed effettivamente girato proprio lì. Svoltò un paio d'angoli senza dire una parola, camminando sempre davanti a me, ed entrò in una specie di bettola in un vicoletto angusto. Il tizio alla cassa, un pelato con i baffoni che sembrava uno dei tre scagnozzi della *Belva umana*, lo salutò con una specie di grugnito.

Agatino sollevò indice e medio come Churchill durante la guerra. Il baffone comprese e preparò due caffè, mentre lo sbirro finalmente mi degnava di uno sguardo. Con un cenno della mano mi invitò a parlare.

«Devo esprimermi con la lingua dei segni o qui si può proferire parola?»

«*Amunì*, Corsaro. Che vuoi?»

«Come che voglio, Agatino? Lo sai che voglio. Notizie dell'omicidio della polacca».

I caffè ci vennero serviti sul bancone. Il capo della Omicidi prese il suo e si andò a sedere a un tavolino sgangherato in un angolo del bar. Afferrai il mio espresso e un paio di bustine di zucchero e lo seguii.

Barresi mescolò la bevanda e la sorbì amara, ancora muto. Poi, finalmente, ruppe il silenzio. A voce molto bassa.

«Ovviamente stiamo parlando fuori taccuino, riservatamente. Non sono dichiarazioni mie. Va be… bene?»

«Agatino, mica ci stiamo conoscendo adesso. E che cazzo, stai tranquillo».

Barresi approvò con un impercettibile dondolio del capo. E poi parlò spedito, sempre a voce bassissima, come un'adultera in confessionale. Ma senza balbettare.

«Chi ha agito si è cautelato. Al momento sembra che non ci sia Dna. O meglio, c'è un frammento parziale ma la Scientifica ci ha detto che potrebbe non essere utilizzabile. Non c'è segno di scasso, forse l'assassino l'ha seguita e l'ha costretta ad aprirgli, o forse lei lo conosceva, non si può escludere».

«Di solito in questo genere di casi arrestate qualcuno entro due giorni».

«Purtroppo stavolta non è andata così».

«Telecamere?»

«Poche nella zona. Continuiamo a lavorare anche su quelle».

«Mi stai dicendo che non avete un sospettato?»

«Non ti sto dicendo questo».

«Ah, allora un sospettato c'è!».

«Non ho detto neanche questo».

«Oggi ti trovo un po' antipatico. Che problema hai? Emorroidi?».

Barresi mi mandò a quel paese con un gesto della mano e fece per alzarsi. Gli posai una mano sul braccio invitandolo a fermarsi.

«Dai, non fare l'offeso».

«Stiamo lavorando su tutto. Non è escluso che sia una cosa pianificata. Stiamo ricostruendo le sue telefonate e i suoi rapporti, in particolare le conoscenze con i connazionali, ma non restringiamo la ricerca a polacchi».

Quando parlava delle indagini non balbettava mai. Era proprio un bravo poliziotto. Avevo imparato ad apprezzarlo negli anni.

«Può essere un classico femminicidio. Ce l'aveva un uomo? Non s'è saputo nulla di questo aspetto».

Agatino fece spallucce.

«E per il momento va bene così. Ma sta' attento, non ti sto dicendo che questa è la pista privilegiata».

«Gente con precedenti specifici?», rilanciai.

«C'è stato un caso di stupro non lontano da lì, potrebbe pure essere un violentatore seriale. Alla Kowalska hanno strappato le mutande, il tentativo di violenza sembra evidente».

Insomma, non ne avevano idea. Ho imparato in tutti questi anni di nera che quando non li prendono subito non è raro che non li prendano più. E cominciavo a pensare che chi aveva massacrato quella povera donna poteva davvero farla franca. Un'eventualità che mi faceva girare gli attributi a elica.

«Ma com'è possibile che l'abbia presa a botte fino ad ammazzarla senza lasciare traccia? Lei non si è difesa? Non ci sono tracce di Dna sotto le unghie della vittima come nei film? Nei film è tutto più facile, porca miseria».

«È stata sopraffatta. L'aggressore era molto forte. Tanto che malgrado le cure il fisico di lei non ha retto. Sembrava potesse riprendersi ma non c'è stato niente da fare. Aveva delle patologie pregresse, non era in perfetta forma».

«Non può essere una rapina finita male?»

«Una rapina? Per rubarle cosa? La miseria?».

Barresi scosse il capo in modo plateale. E si alzò, stavolta davvero. Avevamo esaurito il nostro tempo. Mi alzai anch'io e lo guardai dritto negli occhi.

«Tu mi stai nascondendo qualcosa, Agatino».

Lo sbirro abbozzò un sorriso grattandosi la barba lunga di due giorni.

«Sì, ti sto nascondendo qualcosa».

«E perché?»

«Perché è il mio la... la... lavoro, Corsaro. Tu fai il tuo e io faccio il mio. Ora togliti dalle pa... papà... papalle, però».

E con quella specie di sorriso storto posò qualche moneta sul bancone e se ne andò, lasciandomi come un fesso insieme al barista baffone.

L'indomani avevo la mattina libera. Accompagnai Nico all'asilo, passeggiai fino al Teatro Massimo per rilassarmi un po' e poi entrai in libreria. Comprai un libro per me e ne presi uno per Laura, un romanzo di cui avevamo parlato e che non aveva ancora letto. Le volevo bene, mi piaceva tanto, la trovavo anche attraente, dal primo giorno in cui l'avevo vista, eppure più il tempo passava, più l'idea che il nostro *menage* cameratesco si potesse trasformare in qualcos'altro mi sembrava rarefarsi.

Recuperai Nico all'asilo, pranzai con lui e poi lo portai da mamma, prima di andare al giornale. Lì incrociai Pippo Nocera, che stava per smontare, aveva fatto il turno di nera di mattina. Sedeva alla sua scrivania combattendo con un'evidente sonnolenza postprandiale ma un guizzo lo risvegliò nell'accogliermi.

«Bravo, mi è piaciuto il pezzo di oggi sulla polacca. Si vede che ieri avevi voglia di lavorare».

«Una volta a trimestre mi succede», risposi prendendo posto alla mia scrivania.

Pippo mi squadrò serissimo.

«Tu hai abiti rosa?».

Ricambiai lo sguardo, spiazzato.

«Perché dovrei avere un vestito rosa? Mi hai preso per una rock star?»

«Perché tu pensi che il rosa sia il colore delle donne, è vero?»

«Veramente non ho detto questo».

«Ma l'hai pensato!», incalzò il mio amico con tanto di indice puntato.

«Ma di che cazzo stai parlando, Pippo?»

«Lo sai che prima il colore delle bambine era il celeste, perché richiamava il blu Madonna, e per i maschi invece si usava il rosa?»

«Ma questa chi te l'ha detta? Un tifoso del Palermo, scommetto».

«Il rosa divenne un colore considerato come femminile solo quando una volta la moglie di Eisenhower lo indossò al ballo presidenziale, negli anni Cinquanta. Prima era un colore da uomini».

«Ma come farei io senza di te?»

«Suca», rispose lui tornando a guardare il suo terminale.

Me la risi accendendo il mio. Notai che la scrivania di Giulia era vuota e mi dispiacque. Avevo voglia di sentire i suoi commenti sul mio articolo. Mi sorprese rendermi conto di quanto desiderassi la sua approvazione. Mentre rimuginavo su questo, Pippo sollevò la sua mole da colosso e si preparò ad abbandonare la nave. Prima però mi si parò davanti.

«Ah, guarda, signor grande cronista, che un uccellino della Questura mi ha detto che è arrivata a Palermo la sorella della polacca. Ma non ti preoccupare, non ho scritto niente, è roba tua, sento l'odore del tuo piscio che marca il territorio».

Lo amavo. Poche persone amavo quanto quell'energumeno svalvolato.

«Ora la cerchiamo. Caffè pagato, SuperPippo».

Lui fece un cenno con la destra e se ne andò. Io mi misi subito all'opera per trovare la congiunta della vittima. E mi ci volle pochissimo.

10
Racconto di Roberto Corsaro

Virginia Guccione si presentò con una stretta di mano vigorosa. Aveva capelli castani lunghi, raccolti in una coda sbrigativa, occhi verdi, lineamenti regolari, eccetto il mento un po' pronunciato, e denti bianchissimi. Poco più di vent'anni e tanta energia che traboccava da ogni suo poro.

«Io la conosco, l'ho vista in televisione. Lei è quello di Elena Vitale. Ho seguito tutta la storia».

Sì, ero io. Il caso della ballerina quindicenne scomparsa. Solo pochi mesi prima, c'era stato un trambusto mediatico. Qualche volta la notte mi svegliavo di soprassalto sognando di trovarmi nel bosco in cui la vicenda aveva avuto il suo climax.

«Sì, molto lieto».

«È proprio qui a due passi la scuola di danza della ragazzina. La frequentai anche io da bambina. Ma poi lasciai perdere, non ero portata».

Abbozzai un sorriso senza dire nulla.

«Ma che ci fa lei qua, se posso?».

La sua giovanile sfacciataggine mi sembrò adorabile.

«Sono appena stato a casa di suo padre».

«Ma va! E perché mai?».

Provai a rifletterci su. Era il caso di raccontarglielo? Spazzai subito via la domanda. Non era nemmeno il caso che io fossi lì quella mattina. Ma già che eravamo in ballo, tanto valeva ballare.

«Sono venuto a parlargli di qualcosa che riguarda sua zia Enza».

Il viso di Virginia subito si raggrinzì in una smorfia plateale di contrizione.

«Povera zia. Le volevo tanto bene. E anche lei a me. Eravamo legate, lo siamo sempre state. Ma lei che c'entra con la zia Enza, mi scusi?»

«È una storia un po' lunga».

«E me la racconti! Mi perdoni, lo so, sono un po' troppo curiosa. E non sta bene essere così invadenti, con una persona che non si conosce poi, non ne parliamo. Mio padre mi farebbe una ramanzina delle sue se mi vedesse adesso. Ma la prego, mi dica tutto. Siamo quasi colleghi, sa? Io sono al terzo anno di Giurisprudenza, voglio diventare una penalista anche io».

Era una specie di incontenibile concentrato di energia. Mi fece pensare subito alla mia adorata Rebecca e a quel suo tono sempre un po' dimesso e sofferente, tipico dell'adolescenza. Quanto avrei voluto vedere anche mia figlia così esuberante.

«Glielo devo raccontare qui?»

«Sì, la prego, sediamoci su quel muretto».

Tanto fece e io la imitai senza muovere obiezioni. E le raccontai tutta la storia, per filo e per segno, come avevo fatto poco prima con suo padre.

Virginia mi ascoltò con attenzione, accompagnando il mio racconto con qualche parola d'affetto per la vecchietta venuta a mancare. Quando ebbi terminato, rimase per un po' in silenzio, cogitabonda.

«Perché voleva sapere quella cosa?»

«Non lo so, non ho avuto modo di chiederglielo. Suo padre, con cui ho parlato prima, mi ha detto che forse si riferiva a qualcosa che aveva visto in TV».

La ragazza scosse il capo platealmente, in segno di disapprovazione.

«E per una cosa vista in TV lei scappa di casa e viene a cercarla? Non mi convince».

«Lei ha idea di che cosa potesse trattarsi?».
La ragazza strabuzzò gli occhi in una smorfia buffa. Ricordava davvero la prozia.
«No. Così su due piedi no. Però, avvocato, la devo pregare di due cose».
«Prego», le sorrisi.
«La prima: non mi dia del lei. Mi chiamo Virginia, mi dia del tu».
«Va bene Virginia, come vuoi».
«La seconda è: cerchi di capire cosa è successo. La prego. Volevo davvero un mondo di bene alla zia. Per me era come una nonna. Avevamo un legame speciale».
«Lei pensa... Scusa, tu pensi che... Insomma, che la morte della signora possa destare sospetti?»
«Io non l'ho pensato neanche per un attimo. E in tutta onestà non ci credo neanche adesso. Però vorrei tanto capire che cosa le passava per la testa. Perché davvero non riesco a immaginare a cosa potesse riferirsi. Mi aiuterà? Lei è tanto in gamba, ho letto delle cose grandi che ha fatto. La prego, me lo prometta».
Mi prese le mani nelle sue. Sembrava una bambina. Mi ricordò Rebecca quando mi chiedeva di giocare con le bambole.
«Vedrò di fare qualcosa, va bene».
«Dovrebbe parlare con Nino», fece lei pensierosa.
«La badante».
«Sì, stavano sempre insieme, lei potrebbe sapere qualcosa».
«Non ho un suo recapito».
«Glielo do io adesso».
Virginia mi sorrise soddisfatta. Poi mi lasciò il suo numero di telefono e quello della georgiana. E infine si congedò. Le fui grato. Mi aveva dato un motivo per indagare su quella storia, che non fosse solo la mia stupida curiosità.

In auto, tornando verso casa mia, ripensai alla mia conversazione con Totò Guccione. Non voleva saperne di denunciare, chiedere autopsie o anche solo cercare di capirci qualcosa. Aveva parlato della vendita della casa della prozia. Di cui probabilmente era l'unico erede. Un immobile in via Dante, in pieno centro città, tre minuti a piedi dal Politeama, poteva fruttare un bel gruzzolo. Il palazzo sembrava vecchiotto, sì, ma in condizioni decenti. Eventuali indagini sul decesso della buonanima avrebbero potuto bloccare la successione. E a Totò Guccione quei soldi invece dovevano far comodo. Ripensai alle buste delle Agenzie delle entrate, alle riviste d'ippica, al suo appartamento malconcio, alla figlia, e chissà, forse alla ex moglie, da campare. Certo, era chiaro: non voleva grane. Sempre che fosse solo quello. E che il tizio non avesse invece la coscienza sporca.

Scacciai via quei pensieri una volta arrivato a casa. Trovai parcheggio quasi subito e salii, pensando di concedermi una mezz'ora di pausa prima di passare dallo studio, dove quel pomeriggio non avevo appuntamenti in agenda. Trovai Monica che lavorava al pc, immersa in una delle sue traduzioni, con i Madredeus in sottofondo. O almeno loro mi parvero.

«Ciao amore», fece senza staccare gli occhi dallo schermo. Era così piccola, con i suoi occhiali tondi e una felpa da ragazzina. Sembrava una liceale.

«Ciao, dove sono tutti?»

«Fortunato è nell'acquario, gli altri tutti fuori».

Mi avvicinai a lei, le posai le mani sulle spalle e la baciai da dietro.

«Ma non devono studiare i tuoi figli?»

«Giacomo ufficialmente è a studiare da Marco Sullis. Ma staranno ripassando qualche coro della curva nord mentre giocano alla Playstation. Tua figlia ufficialmente è a studiare da Leila. Ma non voglio neanche pensare a cosa stiano facendo davvero».

«E ti hanno lasciato tutta sola a lavorare sodo».

Le massaggiai le spalle, che scricciolo che era la mia Monica. Lei si sfilò gli occhiali e li posò sulla scrivania. Le spostai gentilmente i capelli e le schioccai un bacio sulla nuca. Si voltò verso di me con uno sguardo sornione.

«Non so tu ma io una piccola pausa me la prenderei, avvocato».

Ce la prendemmo, con sommo gaudio. E alla fine della ricreazione, sul nostro lettone, buttai un occhio all'orologio e mi dissi che potevo aspettare ancora un quarto d'ora prima dello studio. Decisi di raccontare della mia mattinata a Monica. Se non le dico quello che mi succede alle volte mi sembra che le cose non siano accadute davvero.

«Ancora alla vecchietta pensi? Tu sei un maniaco, Roberto. Ma se proprio vuoi concentrarti su una donna anziana perché non pensi un po' di più a tua madre?».

Si stava irrigidendo ma io non attribuii a questo dettaglio il giusto peso. E continuai a parlare. Fin quando arrivai al punto in cui entrava in scena Virginia. Ne parlai con entusiasmo, forse troppo.

«...e avresti dovuto sentirla, era così piena di vita, sembrava la quintessenza della giovinezza. Mi ha colpito tantissimo e...».

«E ti è venuta questa voglia di legare con le giovanissime. Alla tua età è normale. Sei un maschio».

Lo disse senza rabbia, ma con quella punta di disprezzo che mi infastidì.

«Moni, ma che hai capito, quella ragazza può venirmi figlia, non intendevo in quel senso, io...».

«Ecco, lo hai detto. Può venirti figlia. Ma tu una figlia ce l'hai già. E forse dovresti provare a parlare di più con lei piuttosto che con le ragazzine "piene di vita" – qui fece il gesto delle virgolette con le dita – che incontri per strada».

Mi sentii accusato ingiustamente e reagii alzando la voce, solo un poco.

«Ma se tua figlia a stento mi rivolge la parola! Neanche la si vede più in giro. O è fuori casa o è chiusa in camera. Come ci devo parlare? Le mando una mail?»

«Trova un modo, sforzati, sei un uomo intelligente», fece lei aspra, alzandosi di scatto dal letto. Mi alzai anch'io e la seguii in bagno.

«Ma vuoi vedere che è colpa mia adesso se tua figlia mi ignora?»

«Roberto, tu hai più di nove lustri di vita. Lei poco più di tre. Pensaci».

«Parli bene tu. Con te, almeno, tra una litigata e l'altra, ogni tanto ci passa del tempo. Ieri pomeriggio dov'è che ve ne siete andate in gran segreto? L'ho capito che volevate sgattaiolare di nascosto, mica sono scemo».

Monica si stava guardando allo specchio sistemandosi i capelli. Si voltò piano verso di me. E parlò a voce bassa, con una flemma che non era da lei.

«Vuoi sapere dove ho accompagnato tua figlia ieri? Va bene. È giusto che tu lo sappia, hai ragione. L'ho accompagnata dalla psicologa».

«Come dalla psicologa? Quale psicologa?»

«È la seconda volta che ci va».

«E io perché non lo so?»

«Perché lei non è riuscita a dirtelo. Voleva parlartene lei, quando si sarebbe sentita pronta. Ma in questi giorni ti ha visto troppo pensieroso e ha preferito rimandare. Mi ha detto così proprio ieri sera».

Intravidi la mia faccia riflessa nello specchio, alle spalle di mia moglie. Era quella di un povero miserabile.

11
Racconto di Fabrizio Corsaro

Il giorno 11 di novembre a Palermo la temperatura calò drasticamente. E quel prurito nell'anima cominciò a trasformarsi in malessere. Chi come me soffre di depressione ha in novembre un nemico giurato. È un pessimo mese. Cambia l'ora, cambia la luce, la chimica del cervello ne rimane spiazzata e tu cominci a colare a picco. Non lo so se c'è un fondamento scientifico in quello che sto scrivendo, probabilmente no, ho studiato legge e quelle quattro cose che ho imparato sul malfunzionamento della mia testa le ho rosicchiate alla mia psicologa, l'imperturbabile dottoressa Minardo, che mi mancava parecchio in quel periodo, visto che non ci andavo da tantissimo tempo. Ad ogni modo, una cosa era certa: da quando avevo avuto il primo episodio depressivo grave conclamato, non ricordavo un anno in cui a novembre non mi era capitato di stare una mezza merda.

Quel giorno, appunto, non avevo voglia di vedere nessuno, di parlare con nessuno e di fare alcunché. Avrei desiderato tanto di restarmene a letto da mattina a sera. Ma avevo un bambino piccolo a cui pensare. Troppo piccolo per spiegargli la depressione. E così mi diedi una mossa, portai Nico all'asilo e invece di tornare a casa a oziare, una nullafacenza che sapevo bene mi avrebbe scatenato l'ansia e la malinconia in quel momento, preferii darmi da fare. E andai a trovare questa Faustyna Kowalska.

Quando avevo cercato su Google, per una sorta di

riflesso incondizionato, il nome della sorella della polacca ammazzata, avevo scoperto che era omonima di una santa, una suora mistica, polacca come lei, di cui era stato devoto Papa Wojtyla. Per la precisione, suor Maria Faustyna Kowalska era la monaca che aveva avuto la visione di Gesù Misericordioso, cioè il Cristo ritratto in quel famoso dipinto in cui dal cuore gli dipartono due luci colorate. Mi sembrava di ricordare che nei santini andasse per la maggiore. Immaginai che i suoi genitori dovessero essere stati molto religiosi per chiamarla con quel nome di battesimo, che chiaramente omaggiava la santa dal suo stesso cognome. Tanto che per un attimo pensai di portarmi mio fratello come rinforzo, che quello quando si parla di cose di chiesa, a differenza del sottoscritto, è una specie di enciclopedia umana. Ma lasciai perdere l'idea.

Avevo agganciato Faustyna tramite Kasia Nowak, l'amica di Zofia che avevo incontrato a Cruillas. La sorella della vittima quella mattina doveva essere ascoltata in Questura. Eravamo rimasti che le polacche si sarebbero fatte sentire con me quando l'incombenza alla Mobile fosse terminata. E in effetti, Kasia fu di parola, perché verso mezzogiorno mi chiamò. Raggiunsi le due donne dell'Est a Villa Bonanno, il parco di fronte alla Questura, ai piedi del Palazzo Reale. E feci conoscenza con Faustyna, che della santa non aveva l'aria, era piuttosto una donna smunta e provata, sulla quarantina andante, con occhi chiari e capelli di un castano innaturale.

Sedemmo su una panchina in mezzo al verde e con l'ausilio di Kasia che faceva da interprete cominciammo a parlare.

Le chiesi anzi tutto se la sorella ultimamente le avesse accennato a qualcosa che potesse fare presagire la sua morte. Non che ci sperassi, ma valeva la pena chiedere. E insperatamente, Faustyna mi offrì subito qualcosa di molto buono per un articolo.

Kasia tradusse dal polacco per me.

«Sì, dice che Zofia le era sembrata strana negli ultimi tempi. Qualcosa la preoccupava. Era già successo qualche mese prima e adesso, negli ultimi giorni prima della sua morte, di nuovo».

«Strana in che senso?».

Faustyna attese la traduzione di Kasia. E rispose, guardando la connazionale. Che poi mi riportò le sue parole in italiano.

«Era preoccupata. Parlava poco, non le raccontava quale era problema. Ma non sembrava… come si dice…».

«Serena?»

«Sì, non sembrava serena. In questi giorni che doveva parlare con qualcuno».

«Con chi?»

«Faustyna non lo sa. Zofia non ha detto».

«E lei sa se Zofia si era confidata con qualcuno? Qualche amica?».

Chiedevo a suocera perché nuora intendesse. E il messaggio arrivò chiaro a Kasia che mi guardò con imbarazzo. Possibile che la polacca sapesse qualcosa?

Faustyna rispose, con un'espressione molto seria, quasi contrita. Kasia tradusse, non senza qualche imbarazzo.

«Dice che Zofia… Zofia si sentiva sola e non aveva molti amici qua».

A quel punto mi rivolsi direttamente alla mia traduttrice.

«Ma come, lei non era sua amica?»

«Abitavamo insieme, ma facevamo ognuno sua vita».

«E suo cugino?»

«Quale cugino?»

«Marek».

«Ah, Marek non è proprio mio cugino, abbiamo dei parenti in comune. Comunque... lui e Zofia non si frequentavano molto».

«E altri amici Zofia non ne aveva?»

«Giovedì al Giardino Inglese ci vedevamo con altri polacchi».

«Al Giardino Inglese a fare che?».

È un bel parco pubblico in pieno centro, costeggia via Libertà, la strada più elegante di Palermo. Da ragazzino ci andavo a pomiciare, sperando di non imbattermi in qualche *mommo*, come chiamiamo i guardoni qua. Una volta ne beccai uno e lo inseguii per rompergli le corna ma mi scappò.

«Le polacche si incontrano sempre lì. Giovedì pomeriggio».

«E perché proprio giovedì pomeriggio?»

«Prendono giorno libero. Molte fanno badanti, o donne di pulizia. Dico quelle della nostra età, arrivate un po' di anni fa».

Non si finisce mai di imparare cose in questa città.

«E lì Zofia aveva amiche?»

«Lì si fanno conoscenze, si parla, si sta un po' insieme. Vengono anche uomini, ma pochi. Qua polacche sono soprattutto femmine, maschi sono pochissimi».

«E quindi le polacche qui si sposano con i siciliani», dedussi.

«Quasi tutte».

Faustyna osservava senza afferrare un acca. Educatamente, dissi a Kasia se voleva tradurre. E lei lo fece. Quando ebbe terminato, tornai alla carica.

«Sua sorella le aveva mai parlato di un uomo nella sua vita?».

Kasia tradusse la risposta.

«Tempo fa, un anno fa, ma era tutto finito. Un certo

Giovanni, un siciliano. Lui ora vive al Nord, non si sentivano più da mesi».

«L'aveva lasciato lei?»

Kasia rispose anticipando Faustyna.

«No, lui era partito per lavorare a Milano e l'aveva lasciata».

«Qual è il cognome di questo Giovanni?».

Nessuna delle due se lo ricordava. Annuii e mi rivolsi di nuovo a Faustyna.

«E del suo lavoro le aveva mai parlato? Come si trovava con la signora da cui era a servizio?».

La polacca diede una risposta lunga e articolata nella sua lingua incomprensibile. Kasia tradusse.

«Sì, abbastanza bene. Ma lei negli ultimi tempi era preoccupata perché signora si lamentava sempre. I figli non si occupavano di lei, si sentiva... non so come si dice... abbandonata. Diceva che figli non si occupavano di casa, di tomba di famiglia che era piena, della campagna, perché hanno un terreno non so dove... Insomma, lei era sempre scontenta di questi figli».

Ripensai a quel bel tipo di Stefano Rampazzo e mi dissi che non mi sentivo di dar torto alla buonanima. Che figuro.

«Senta, c'è qualcosa che lei vorrebbe dire?».

Mi aspettavo un appello, del tipo *chi sa parli*, questo genere di guanti di sfida all'omertà che vanno per la maggiore alle nostre latitudini. E invece Faustyna, trattenendo le lacrime, con una posa composta di grandissima dignità, disse altro.

Kasia la ascoltò, anche i suoi occhi si bagnarono. E tradusse con una vocina spezzata dall'emozione.

«Faustyna vuole ringraziare console della Polonia per quello che sta facendo e i polacchi di Palermo che hanno raccolto dei soldi per viaggio, per fare tornare Zofia a casa. La porteranno a cimitero a Cracovia».

Sono un disilluso con spiccata tendenza al cinismo. Ma in quel momento mi emozionai anch'io. E di nuovo ripensai a Stefano Rampazzo e alle sue parole sugli immigrati ubriaconi e poco di buono. Coglione, lui e quelli come lui. Che andassero tutti in malora.

E così uscì il mio pezzo su Faustyna. Ivan Bosco, che è un debosciato ma conosce assai bene il mestiere, disegnò una prima pagina che metteva in grande evidenza il richiamo del mio articolo, quasi visibile come l'apertura. Mi fecero scrivere una pagina intera, più di settanta righe sulla sorella e sulla colletta dei polacchi, una quarantina di punto sulle indagini, in verità abbastanza carente di novità. Quando arrivai in redazione quel pomeriggio, la mia amica Valentina Vullo mi fece i complimenti dandomi un buffetto sulla guancia. Trovai Giulia con il giornale aperto sulla sua scrivania. Stava leggendo il mio articolo, tutta concentrata. Presi posto, accesi il computer, e mi rivolsi a lei.

«Hai trovato errori da matita blu?».

Giulia si alzò lentamente, si avvicinò alla mia postazione e si sedette sulla mia scrivania.

«Bravo. Hai fatto quello che si doveva fare».

Era molto seria. Tacque per qualche secondo e poi mi parlò a bassa voce.

«Sai che ho avuto una specie di *deja vu*? Mi sono ricordata di quando ammazzarono quella ragazza, la bella maestrina, a casa sua, mi pare che fosse in viale Strasburgo, una vita fa. E io ti dissi di raccontare meglio la sua storia, te lo ricordi? Quanto eravamo giovani, mannaggia».

Francesca Raimondo si chiamava. La storia dell'*ultimo appello* delle compagne di classe. E chi se la poteva dimenticare? Mi aveva lasciato cicatrici dentro e fuori quella vicenda. Una, piccola, sulla fronte la vedevo ogni mattina allo specchio quando mi lavavo la faccia.

Ripensai a quel tempo lontano: prima di Maria, prima di Nico, prima di tutto quello che mi aveva fatto diventare l'uomo che ero in quel momento. Al trentenne che ero stato e a come all'epoca fossi perso per Giulia. Poi la guardai meglio, lì, seduta di fronte a me, minuta e aggraziata. E qualcosa di incredibile avvenne ai miei occhi. Fu come se un velo, un velo che entrambi avevamo tessuto per anni congelando le nostre schermaglie amorose che mai si erano trasformate in una storia, cadesse all'improvviso. E mi svelasse la vista di quella donna che in una stagione lontana della mia vita era stata il mio primo e ultimo pensiero della giornata, il frutto proibito che mai ero riuscito a cogliere. Era lei, era Giulia, anche se per un decennio abbondante il mio sguardo aveva sostituito all'immagine della ragazza dei miei sogni quello della collega con cui condividere un rapporto di amicizia e complicità. Ma Giulia era ancora lei, era ancora la stessa, forse ero solo stato io a perderla di vista. Ora che sul suo bel viso ancora armonioso i quarant'anni e rotti disegnavano linee diverse, quelle del volto di una donna, che raccontava vita e profondità d'animo, ora che quella creatura ancora bellissima improvvisamente riappariva come d'incanto ai miei occhi, mi parve per un attimo come di risvegliarmi da un sonno lunghissimo.

Il mio cellulare mi riportò bruscamene alla realtà. Era una chiamata su Whatsapp. Carolina Morgano, la vice di Barresi alla Omicidi.

Mostrai l'indice a Giulia, chiedendole un secondo di pausa. E risposi.

«Commissario, a cosa debbo il piacere?»

«Ho apprezzato il tuo articolo».

Anche gli sbirri hanno un cuore. E qualcuno legge pure.

«Grazie».

«Se fai un salto da me, con discrezione, ho una cosa per te. Te la sei meritata».

«Mi regali una pistola?»

«Meglio, una notizia».

«Grossa?»

«Aveva abortito un mese fa. È grossa secondo te?».

Cazzo se lo era.

12

L'autopsia sul cadavere della povera Zofia Kowalska aveva portato, tra le altre, un'informazione interessante sulla sua vita privata. Anzi, privatissima. La donna aveva avuto un'interruzione di gravidanza, molto recente. Un mese, forse poco più.

Il vicequestore aggiunto Carolina Morgano mi aveva servito un grande assist. La poliziotta non aveva aggiunto altro sull'esame autoptico. Forse voleva dare qualche premio di consolazione a un altro mio collega, per tenersi tutti buoni, ma l'informazione che stava offrendo a me era davvero notevole.

«Dove aveva abortito lo avete scoperto?»

«In una struttura pubblica. Non mi fare dire di più».

«Ma perché? Mi stai dicendo qualcosa? Apprendo da *fonti investigative*, mica da te».

«Sei un paraculo, Corsaro», fece lei scuotendo la testa, con quella sua faccia rotonda e bonaria. In quel momento sembrava più una maestra empatica ma severa che una sbirra con i fiocchi quale era.

«Ma appena se ne va Barresi, diventi tu il capo?», la provocai.

«Quanti capi della Omicidi donne hai visto a Palermo da quando scrivi di cronaca nera?»

«Nessuna, ma tu saresti perfetta per... Come dite voi femministe? Rompere il tetto di cristallo? O è il soffitto? O il muro di gomma? Non lo imparerò mai».

«*Va caca*, Fabrì», mi liquidò lei come meritavo. E se ne andò, con la sua camminata da sceriffo del vecchio West.

Avevo recuperato i miei appunti. Il medico di famiglia della defunta signora Rampazzo si chiamava Realmonte, mi avevano detto i suoi figli. Mi chiesi se la polacca ammazzata, che abitava a casa Rampazzo fino a poche settimane prima della sua tragica morte, non avesse lo stesso medico curante. Era un'eventualità e tentai. Mi andò bene. Perché questo dottore Manlio Realmonte rispose con modi garbati da gentiluomo d'altri tempi e invece di mandarmi a quel paese come avevo preventivato, accettò di incontrarmi.

Lo andai a trovare la mattina del 15 novembre, bagnata da una pioggerellina da quattro soldi. A Palermo *sbrizziava*, si dice nel mio dialetto per definire quelle poche gocce; che furono però sufficienti a farmi bagnare tutto perché arrivarono un po' a sorpresa quando mi ero già mosso in motocicletta.

Lo studio del medico era in via La Farina, a quattro passi dalla centralissima piazza Croci, che poi non si chiama neanche così ma i palermitani per motivi che mi sono da sempre oscuri usano regolarmente una toponomastica tutta loro. Ci sono dei posti chiave della città che nessun palermitano, e dico nessuno, sa come si chiamino davvero. Piazza Vigliena, ad esempio, per un mio concittadino sono i Quattro canti, e basta. E così è per piazza Croci, piazza Politeama, via Roma Nuova, corso Olivuzza, tutti nomi che non troverete mai in nessuno stradario ma che più o meno ogni palermitano utilizza. È una di quelle piccole eccentricità che secondo me testimoniano una certa naturale tendenza alla stravaganza, dei siciliani in genere, e degli abitanti della sicula capitale in particolare. Ma sto divagando.

Entrai nello studio, notai la sala d'attesa piena di vecchietti più o meno arzilli, immaginai che almeno la metà andasse lì quasi ogni giorno ad ammazzare il tempo, prima che il tempo ammazzasse loro, e origliai qualche conversazione aspettando che la segretaria, una bionda ossigenata sulla sessantina, mi lasciasse entrare.

«Se c'era ancora quello, questa vergogna già *avissi finuto*, caro signor mio!», lamentava avvilito un anziano con i capelli crespi e il colorito alquanto scuro, che sembrava un Morgan Freeman di Ballarò.

«*'Nca ciertu, chiddu l'avissi fatti curriri a tutti!*», espressione che significa più o meno *quello li avrebbe messi tutti in riga*, rispose un tipo rotondo e pelato, sull'ottantina andante, con una vocina femminile stridula.

Immaginai che si trattasse di due nostalgici del Pelatone, ma mi sbagliavo. Non di politica parlavano, ma del Palermo, e *quello* rimpianto dai due era la buonanima del vecchio presidente giustiziere seriale di allenatori.

Mi persi il seguito, perché il medico mi ricevette quasi subito. Mi avviai verso la sua stanza guardato in cagnesco da tutti i vecchietti in sala d'attesa, che mi avevano preso per un furbastro saltatore di file.

Il dottor Manlio Realmonte aveva capelli candidi e lanosi, occhiali dalla montatura leggera, un doppio mento che sembrava un pandoro e un'aria serafica da puttino. Era robusto e armonioso, sulla sessantina portata male. Mise le mani avanti, sottolineando come fosse pieno di visite quella mattina e pregandomi di non far durare troppo la nostra conversazione. Ma lo fece con un garbo che apprezzai, lo stesso che aveva sfoderato al telefono.

«Come le dicevo quando ci siamo sentiti, ho scritto alcuni articoli sull'omicidio di Zofia Kowalska. E nell'ultimo ho dato notizia di quanto appreso nell'indagine della polizia, ossia che la donna avesse avuto di recente un'interruzione di gravidanza».

Realmonte, i gomiti appoggiati sulla scrivania, le mani incrociate e gli occhietti concentrati, fece cenno di sì col capo.

«Mi chiedevo se lei fosse a conoscenza di questa cosa».

«Lei capisce bene che non posso parlarne. C'è un dovere di riservatezza del medico».

«Sì, ma la persona in questione è deceduta. Anzi, è stata uccisa. E questi fatti potrebbero essere, in via ipotetica si intende, collegati alla sua morte».

«Se le autorità inquirenti riterranno di chiedermi notizie, valuterò come rispondere».

Lo disse con un tono angelico, senza nessuna punta di sgradevolezza, anche se mi stava dando un due di picche clamoroso.

Purtroppo, malgrado mia madre apprezzerebbe il contrario, non ho mai avuto questa istintiva tendenza alla cortesia. E risposi al medico con tono piccato.

«Mi scusi, ma se non voleva parlare con me, perché mi ha fatto venire fin qui?».

Realmonte sorrise.

«Non le ho detto che non voglio parlare con lei. Ho detto che su questa cosa ritengo corretto mantenere la riservatezza. E, mi perdoni, ma dicendole questo sto già rispondendo alla sua domanda».

E qual era la mia domanda? Ah, sì, se lui fosse stato a conoscenza dell'aborto. In effetti, in caso non lo fosse stato, sarebbe bastato rispondere di no. Lo sapeva, e mi stava facendo fare la figura dello scemo. Bluffai simulando indignazione.

«Dottore, è chiaro che ho capito che lei lo sapeva, non sono mica scemo. Ma...».

Realmonte mi fermò.
«Se vuole chiedermi dell'altro...».
Sbuffai e tirai innanzi.
«Da quando Zofia era sua paziente?»
«Da poco dopo che aveva cominciato a lavorare a casa della signora D'Amico».
«Cioè la signora Rampazzo?»
«Sì, D'Amico era il nome da nubile. Quello con cui scrivevo le ricette».
«Vi eravate conosciuti così?»
«Sì, io a volte andavo a visitare la signora a casa, era abbastanza cagionevole».
«Di cosa soffriva?».
Realmonte accennò un sorrisetto.
«Forse faremmo prima a dire di cosa non soffriva. Era diabetica, ipertesa, aveva seri problemi di artrosi e di osteoporosi, aveva subito un intervento e quasi non deambulava più».
«Ah, già, questo me lo hanno detto i figli. Lei l'aveva indirizzata a un fisioterapista».
«Sì, La Malfa, molto in gamba. Ci andava ogni settimana».
«E Zofia Kowalska, invece?»
«Lei stava meglio».
Certo, aveva centovent'anni in meno. Questo Realmonte era un burlone. Lo immaginai uno di quelli che racconta barzellette che non fanno ridere del tipo: "Sai cosa fanno gli avvocati cinesi a Natale? I legali".
«Aveva qualche problema di salute?», domandai senza accennare a un sorriso.
«Soffriva d'asma. Non una cosa grave. Non escluderei però che questo abbia pesato sulla sua prognosi dopo l'aggressione».
Inspirai nervoso. Stavo solo perdendo tempo. Feci un ultimo tentativo prima di togliere le tende.

«Senta, ma che lei sappia, Zofia aveva mai subito un'altra aggressione?».

Realmonte mi osservò serio, mutando espressione.

«Questa è una buona domanda», disse. Lasciando intendere che le altre non lo erano state. O forse quella fu solo una mia sensazione dettata dalla frustrazione.

«E ha una buona risposta?»

«Da me non si fece curare mai né mai mi raccontò qualcosa del genere. Ma una volta, dovevo misurarle la pressione e notai sul suo braccio dei lividi che non mi piacquero. Con discrezione provai a informarmi, ma lei rispose che si era fatta male lavorando, nell'aiutare la signora Lilla ad alzarsi».

«E quando accadde questo fatto?»

«Credo un mese prima della morte della signora...».

«Cioè?»

«Penso a settembre, se non sbaglio».

Feci due conti a mente.

«Cioè non molto prima dell'aborto».

Realmonte si profuse in un sospiro esplicito. Era il suo modo di dire sì senza dire sì.

«E ai tempi Zofia abitava ancora a casa Rampazzo, giusto?»

«Sì, certo».

Gli perdonai tutte le altre reticenze e me ne andai lasciandolo al suo esercito di pensionati sfaccendati. C'era qualcun altro con cui volevo parlare, a quel punto. Anche se era un coglione.

Telefonai e telefonai al rampollo Rampazzo, e mi si perdoni il gioco di parole, senza ottenere risposta. O Stefano era impegnato, o non voleva saperne di parlare con me. Sì, avevo il numero della sorella ma non era lei la persona giusta. Quella stava in Veneto, magari era già ripartita, e comunque di Zofia doveva sapere assai meno del fratello, che frequentava più spesso casa della madre. Ed era stato proprio il fratello a riferirmi di quell'episodio del diverbio tra la donna e il misterioso connazionale, che nella sua descrizione mi era sembrato Marek. La storia dei lividi raccontata dal dottore Realmonte mi aveva fatto ripensare a quel quadretto e mi aveva fatto venire voglia di approfondirlo.

Sono una personcina ostinata, troppo secondo tutte le mie ex partner, mia madre, mio fratello, Giulia, il mio direttore e qualche altra persona che complotta contro di me. Decisi di andare a cercare il Rampazzo a casa della madre, dove lo avevo incontrato, già che ero lì vicino: magari una botta di deretano me lo avrebbe fatto trovare lì.

Lasciai la moto parcheggiata in modo discutibile, molto alla palermitana, e citofonai, senza troppe speranze. Quando stavo per voltarmi e tornarmene con la coda tra le gambe mi rispose una voce di donna.

«Chi è?», chiedeva disturbata.

Mi parve Alessandra Rampazzo.

«Sono Fabrizio Corsaro, il giornalista».

«E che desidera, scusi?».

Sì, era proprio la figlia della defunta.

«Cercavo suo fratello».

«Guardi, mi ha trovata qua per caso, sto preparando la valigia per partire. Sentiamoci un'altra volta».

«La prego, è una cosa molto urgente», feci io come il venditore di enciclopedie con il piede tra la porta e lo stipite.

Ci fu qualche secondo di silenzio. Infine, con voce avvilita, Alessandra s'arrese.

«Va bene, salga. Ma cinque minuti».

Non me lo feci dire due volte.

13
Racconto di Roberto Corsaro

La mattina del 22 dicembre, primo giorno delle vacanze di Natale, mio figlio Giacomo attaccò a giocare alla Playstation già alle nove del mattino. Rebecca, invece, se ne restò nella sua camera. Non avevo udienze in tribunale e attesi pazientemente che mia figlia desse qualche segno di vita uscendo dalla sua tana, per provare a parlarle. Dopo la rivelazione di Monica non mi era riuscito di farlo. Mia moglie quella mattina se l'era svignata per andare a comprare qualche regalino natalizio, lasciandomi nel soggiorno in cui montava un trambusto forsennato. Giacomo, con le sue cuffie, gridava e sghignazzava giocando con i suoi amici, che chiamava tutti indistintamente *compà*, alla palermitana. Nelle sue rare pause di silenzio, si inseriva il grande Kumar, il nostro domestico tamil, un autentico pilastro della nostra esistenza. Malgrado vivesse a Palermo dal millennio precedente, il suo italiano era rimasto alquanto creativo. Lo utilizzava con disinvoltura quando mi beccava libero da impegni lavorativi e cominciava a parlarmi di tutto, in monologhi in cui a volte mi perdevo per le sue invenzioni lessicali. Da sempre veniva a lavorare a casa nostra solo un giorno alla settimana. Monica e io lo amavamo come uno di famiglia, non solo perché era un bravo domestico ma perché era una persona di rara bontà e simpatia, un padre di famiglia a cui affidavi casa, figli piccoli e tutto il resto a occhi chiusi. A me, poi, faceva sempre scompisciare dalle risate quando pizzicava mia moglie, che ha sempre chiamato Mokimoki – la conosce da ragazza perché prima faceva le pulizie a casa dei miei suoceri – definendo il suo umore di giornata con un'originale espressione di suo conio: *culo caldo*, se Monica era in no, *culo freddo* se era in sì. Insomma, un mito.

«Mister Robbi, dov'è Mokimoki?», mi chiese col piumino in mano, inserendosi tra le grida di Giacomo, non vedendo più mia moglie in giro per casa.

«È uscita poco fa, ma torna presto».

«Non ho visto che è uscita. Oggi signora culo freddo, non gridava».

Sì, non gridava da un po', in effetti. Chissà, forse covava una di quelle sue eruzioni apocalittiche tipo vulcano Krakatoa. Come se in quel momento non fosse bastata Rebecca con le sue crisi e mia madre con la sua gamba rotta e le sue bizze. E il trigemino che mi aveva dato un'altra piccola botta la sera prima, ma solo un pizzico, quel tanto che bastava per farmi terrorizzare. E infine la storia della vecchietta morta, a cui continuavo a pensare.

Quella mattina avevo ottenuto un appuntamento da Nino, la badante georgiana rimasta disoccupata dopo la morte della signora Enza. Mi attendeva alle dieci e mezza a piazza Indipendenza, uno degli snodi principali della parte storica della città, dove hanno sede le istituzioni regionali. Prima di andarmene, mi dissi che avrei dovuto interfacciarmi con mia figlia. Attesi fino alle dieci, poi provai a bussare alla sua porta. Non ottenni risposta, aprii e la trovai ancora addormentata, bella come un angelo. Non me la sentii di svegliarla e me ne andai. Solo qualche ora dopo confessai a me stesso che quella mattina non avevo fatto altro che scappare dall'affrontare qualcosa che mi terrorizzava.

Uscire di casa in macchina il 22 dicembre mattina a Palermo non era stata una buona idea. C'era un traffico che avrebbe spinto anche un bonzo vietnamita a sfasciare autovetture a colpi di spranga come John Godman nel *Grande Lebowski*. La gente era tutta in giro ad acquistare regali, anche se lo spirito natalizio non sembrava avere avvolto tutti, viste le scene da nevrosi da automobilista esaurito che mi capitò di osservare lungo il tragitto. Rimasi imbottigliato per un pezzo, girai per una vita alla ricerca di un parcheggio, e infine mi presentai all'appuntamento con una mezz'ora abbandonante di ritardo.

Nino Kapanadze mi attendeva annoiata. Nel vederla riconobbi la creatura che avevo visto allontanarsi quel pomeriggio dalla mia finestra dando il braccio a Enza Guccione vedova Caruso; alla sua omonima connazionale soprano, Nino Kapanadze assomigliava ben poco. La sua settantina di chili compressa in un metro e sessanta d'altezza era avvolta in abiti da maschio. Mascolino era anche il taglio di capelli, molto corti. Era abbastanza normale che l'avessi scambiata per un uomo quel pomeriggio, guardandola di spalle. Poteva avere una cinquantina d'anni e parlava con un marcato accento dell'Est con voce da contralto.

«Mi scusi due volte. Per averla disturbata e per il ritardo».

«Non si preoccupi, per ora sono senza lavoro».

Certo, questo lo sapevo. Nino si era seduta su una panchina accanto a un bar. La invitai a prendere qualcosa ma declinò con garbo. Propose di camminare fino alla Questura, dove aveva delle pratiche burocratiche da sbrigare. Acconsentii di buon grado, erano quattro passi, e con quell'aria fresca ma non troppo di inizio inverno, era un piacere passeggiare per Palermo. Puntammo così Porta Nuova, che imponente dominava la piazza, spalancando la strada al Cassaro e alla città vecchia, con i suoi quattro giganteschi Mori vinti dalla Cristianità.

«Cosa posso fare per lei, avvocato?»

«Volevo solo farle qualche domanda sulla signora Caruso. Anzi tutto, desideravo chiederle se la sua morte l'ha colta di sorpresa».

«Non ho capito».

«Intento dire, se l'aspettava che la signora morisse?».

Nino esitò un attimo. Poi rispose in un italiano fluente a cui mancavano solo i congiuntivi, che peraltro probabilmente sarebbero stati latitanti anche se a parlare fosse stato un italiano nativo su due.

«No... Cioè, sì, certo era vecchia e non stava tanto bene. Però non sembrava che doveva morire. Era la solita nelle ultime settimane. È stata molto male solo alla fine. Ma è stato tutto velocissimo. Quando ho chiamato l'ambulanza era troppo tardi. È morta in mezz'ora. Quelli di ospedale sono arrivati, hanno provato a rianimarla ma niente».

«Come si è sentita male?»

«Prima ha detto che le girava un poco la testa, come se aveva sonno. Ma poi non riusciva bene a respirare. Io ho visto che diventava rossa. Prima ho telefonato a professore...».

«Quale professore?»

«Professore Guccione, nipote di signora. Lui mi ha detto di metterla a letto e di guardare come andava e che lui veniva dopo. Ma in meno di mezz'ora signora è diventata grave, allora ho chiamato l'ambulanza, lei era come svenuta, e non si è svegliata più».

«Cos'è stato? Il cuore?»

«Sì, signora soffriva di cuore. Era stata operata».

Stavamo passando sotto Porta Nuova, un musico da strada col violino suonava Čajkovskij, mentre un gruppetto di turisti americani camminava in direzione opposta alla nostra.

«Lei ha avuto dei sospetti?», domandai senza girarci attorno.

Nino si fermò e mi guardò come si osserva un pazzo.

«Perché? Quali sospetti?»

«Intendo dire: questa morte improvvisa non le è sembrata strana?»

«Ma no, avvocato le persone anziane e sofferenti muoiono, è la vita. Mia sorella morì d'infarto a cinquant'anni. La morte arriva così, all'improvviso. È buono anzi che signora Enza non ha sofferto molto. È stata abbastanza bene fino alla fine. Sì, aveva bisogno di aiuto, con la testa non ci stava sempre molto, ma aveva una vita buona».

Eravamo in piedi, fermi all'inizio di corso Vittorio Emanuele, subito dopo Porta Nuova. Alla nostra destra, i gradini per salire a piazza del Parlamento e a Palazzo dei Normanni.

«Senta, proprio su come stava con la testa volevo avere delle informazioni. Come le ho anticipato al telefono, un pomeriggio la signora è venuta a trovarmi allo studio e mi è sembrata molto agitata. Poi ricevette una sua telefonata e io capii che si era allontanata da casa di nascosto».

Nino annuì con un'espressione dolente.

«Sì, qualche volta è successo. Raramente, perché io stavo molto attenta. Ma lei certe volte usciva senza dirmelo».

«Ma soffriva di Alzheimer, o qualcosa di simile?»

«No, era, come si dice... demenza senile, ma solo leggera».

«Lei aveva un buon rapporto con la signora?»

«Sì», rispose perplessa la georgiana. La sua espressione parlava chiaro. Cominciava a spazientirsi e voleva capire che diavolo volessi da lei. Era suo diritto, d'altro canto. E così smisi di girare attorno alla questione. E le raccontai per filo e per segno il mio incontro con la buonanima.

Nino mi ascoltò attenta, senza mai interrompermi. Parlò solo quando terminai il mio racconto.

«Ha detto: se mio figlio mi ammazza...».

«Sì, *se mio figlio mi ammazza può ereditare i miei soldi?*»

«E ha detto così?», domandò la donna accigliata.

«Sì. Non ha senso secondo lei?».

Nino riprese a camminare a passi lenti e rimuginando. La seguii in silenzio. Si fermò prima di attraversare la strada, lì dove si apriva la traversa che portava all'ingresso principale di Palazzo reale. Mi guardò molto seria e parlò.

«Io credo di avere capito, invece, a cosa si riferiva».

«A cosa?»

«A qualcosa che è successo».

«Quando?».

La georgiana si concentrò per fare il calcolo.

«Circa due mesi fa».

Mi accorsi del battito del mio cuore che accelerava.

«E che cosa è successo due mesi fa?».

Nino Kapanadze corrugò la fronte, poi espirò profondamente e rispose.

«È morta un'altra signora».

14
Racconto di Fabrizio Corsaro

Alessandra Rampazzo si mostrò ai miei occhi più curata della volta precedente. Pettinata, un filo di trucco, ben vestita, mi fece ricordare quanto mi era stato detto sul suo conto, cioè che di come in passato fosse stata una giovane donna di quelle che facevano girare la testa agli sfaccendati rampolli della borghesia palermitana.

Senza sforzarsi di celare una certa riluttanza, mi fece accomodare. Notai una valigia accanto al divano del soggiorno.

«Parto nel primo pomeriggio, torno finalmente a lavorare», mi disse. E come la volta precedente non si scomodò a offrirmi qualcosa. Parlava con questo tono come distratto, quasi assente, aveva un che di inafferrabile come il pulviscolo che galleggia in un raggio di sole.

Poggiai le terga su un divano a due posti, lei si sedette su quello a tre.

«Allora, cosa c'è di così urgente, signor Corsaro?»

«Guardi, a dire la verità volevo parlare con suo fratello».

«Lo sto aspettando, mi accompagna lui all'aeroporto».

«Intanto, posso chiedere a lei, se permette. Suo fratello mi ha parlato di un uomo che avrebbe dato delle noie a Zofia Kowalska, presumibilmente un suo connazionale».

«Sì, c'ero anch'io quando glielo ha raccontato. Stefano disse anche che Zofia gli riferì che era un suo cugino».

«Esatto. Mi chiedevo se suo fratello, o magari lei, quando veniva a trovare sua madre, avete mai notato dei segni di violenza su Zofia. O qualcosa di questo genere».

Alessandra si fermò per un attimo a pensare. Mi parve di intravedere una scintilla balenare nei suoi occhi, come in certi cartoni animati giapponesi di quando ero bambino.

«Io, veramente…».

«Lei cosa?»

«Mi sta dicendo qualcosa che mi fa ripensare al passato. Qualcosa di cui non ho mai parlato con nessuno, nemmeno con Zofia. Se lei mi domanda: *hai visto qualcosa?* La risposta è no. Però ho *sentito* qualcosa».

«In che senso? Ha udito qualcosa che Zofia ha detto?».

Alessandra accavallò le gambe, un gesto composto e molto femminile.

«No, non intendevo *sentire* in quel senso. Volevo dire che ho avuto una sensazione. Più di una volta. Parlando con Zofia, guardandola, mi sembrava la classica donna maltrattata, quella che subisce angherie domestiche. Ma era una sensazione che ho scacciato via. Perché la sua vita domestica si svolgeva qui. E qui nessuno l'ha mai maltrattata di sicuro».

«Ha saputo che aveva abortito di recente?»

«L'ho letto in questi giorni. Forse l'articolo lo aveva scritto lei».

«Voi non sapevate niente?»

«No, si figuri. Quando ho letto l'articolo, però, mi sono ricordata di un giorno in cui Zofia mancò. Disse che doveva fare degli esami in ospedale. Mia mamma quel giorno rimase sola e mi telefonò dieci volte per lo meno. Probabilmente l'interruzione di gravidanza avvenne quel giorno».

Mi fermai per un attimo. C'era da indagare sulla sfera affettiva della polacca. Zofia in pochi mesi aveva subito un elenco di passaggi traumatici: la presunta violenza sospettata dal dottore, l'interruzione della gravidanza, pure la perdita del lavoro per la morte dell'anziana a cui badava. Non avevo ancora inquadrato, in effetti, quell'ultimo evento tra i fatti salienti degli ultimi giorni di vita della polacca. E mi venne voglia, già che c'ero, di saperne di più. Ma come fare senza risultare oltre modo invadente e farmi cacciare a pedate? Bisognava prenderla da lontano, mi dissi.

«Ho avuto modo di parlare con il vostro medico di famiglia, il dottore Realmonte. Una cara persona».

«Sì, conosceva mia madre da una vita».

«Mi ha detto che veniva spesso qui a casa a visitarla. Un medico d'altri tempi».

«Sì, è vero», rispose con poco slancio Alessandra. Mi voleva fuori dai piedi, era chiaro. Fu allora che la chiave girò nella toppa della porta di casa e il fratello apparve al nostro cospetto.

«Ho trovato parcheggio qua sotto, sarà la prima volta negli ultimi tre anni, sono salito a darti una mano col bagaglio», disse sfilandosi il giubbotto. Poi però mi notò e inarcò un sopracciglio.

«Come mai qui?», fece senza salutare.

«A dire il vero cercavo lei».

«E perché?».

Alessandra si inserì.

«Il signor Corsaro voleva sapere se abbiamo mai notato segni di violenza sul corpo di Zofia».

Rampazzo mi guardò corrucciato.

«Non eravamo soliti studiare il corpo di Zofia, signor Corsaro».

«Magari d'estate, con le maniche corte, qualche livido sospetto?»

«Non ricordo. Perché ce lo chiede? Crede che qualcuno la maltrattasse? Le ho già raccontato di averla vista strattonare da un tizio», rispose Stefano.

«E questa cosa l'ha raccontata anche alla polizia?»

«Nessuno della polizia mi ha mai cercato», fece spallucce l'avvocato.

Feci una smorfia di disapprovazione e una pausa. Poi tornai alla carica.

«E ricorda di qualche incidente domestico? Nel senso di qualche volta in cui Zofia si fece male al lavoro qui?».

Mi riferivo a quanto mi aveva raccontato il medico. Era stata quella la versione della polacca per giustificare i lividi.

Rampazzo ci pensò su per un po'.

«No, però ricordo che una volta, non molto tempo fa, lei accusava dei dolori tanto che La Malfa, il fisioterapista che veniva tutte le settimane, le diede un'occhiata. Me lo raccontò mia madre».

Sua madre, già. Volevo saperne di più. Ripresi il discorso alla larga, avviato con la sorella poco prima.

«Insomma, qui fra medici e fisioterapisti c'era un bell'andirivieni».

«Che vuole, è la vecchiaia. Fino al giorno in cui mamma è morta il dottore Realmonte è stato qua», fece Stefano.

«Ah sì? Venne ad assisterla?».

Alessandra rispose.

«Era venuto la mattina a visitarla, mamma aveva avuto la febbre. Aveva preso il Covid, anche se era vaccinata. Si era negativizzata da poco, non sentiva bene i sapori e gli odori. Ma non sembrava grave. E invece poi di pomeriggio si sentì male all'improvviso e morì. Era molto debilitata».

«Lei era qui, signora?»

«No, io ero a Padova, purtroppo. C'era Stefano».

Il fratello annuì.

«Sì, ero qui, c'era anche Totò, un nostro amico di famiglia che era passato a trovarmi per chiedere un consiglio su una causa condominiale».

«E ovviamente c'era Zofia».

«Sì, mamma non è morta da sola, questo mi è stato di conforto», fece con aria sofferta Alessandra.

«Non le abbiamo fatto mancare nulla. Pure il fisioterapista era stato qua fino a quel giorno. Adesso, però, Alessandra, è ora d'andare se non vuoi perdere l'aereo».

Scattai in piedi all'istante.

«Certo, tolgo il disturbo e vi ringrazio», dissi con un fare un po' mellifluo. Avevo già in mente chi cercare una volta uscito da quella casa.

Trascorsero tre giorni prima che riuscissi a trovare questo fisioterapista. Alessio La Malfa, quarantasei anni, lavorava part time in ospedale e poi si dedicava all'attività privata. Immaginai totalmente al nero, ma perché sono un malpensante. Non aveva uno studio; i suoi pazienti erano tutti o quasi anziani, per lo più danarosi, e li andava a trovare a domicilio. Tra questi, appunto, c'era stata Lilla D'Amico vedova Rampazzo. L'uomo dalle mani d'oro mi palleggiò un po', alla fine accettò di incontrarmi all'ospedale Cervello. Ci vedemmo lì il 20 novembre, circa un mese prima degli ultimi fatti raccontati da mio fratello Roberto.

Era un bell'uomo, d'aspetto giovanile, con mascella quadrata d'attore, un filo di barba incolta, capelli castani quasi biondicci, fluenti e abbastanza lunghi, un fisico ben messo ma asciutto, fede all'anulare e scarpe da trekking ai piedi. Da debosciato di lungo corso qual ero, lo immaginai far marchette, dando sollazzo alle anziane pazienti. Subito mi vergognai di quel pensiero lascivo da vecchio porco.

«Dottore Corsaro, non ho ben capito in cosa io possa esserle utile, ma mi sembrava scortese sottrarmi al suo invito».

Rimasi positivamente impressionato. Nessuno o quasi sapeva più parlare l'italiano. E il fisioterapista belloccio rientrava pertanto in una minoranza da preservare.

«Come le ho anticipato, mi sono occupato dell'omicidio di Zofia Kowalska».

«Sì, una storia terribile. Non c'è più sicurezza in questa città. Ammesso che ce ne sia mai stata. Mi è dispiaciuto molto».

«Lei la aveva conosciuta a casa della signora Rampazzo?»

«Sì, certo, lei lavorava lì come badante».

«I figli della signora Rampazzo mi hanno detto che lei una volta ha curato Zofia».

La Malfa si grattò la chioma fluente corrugando la fronte, nello sforzo di ricordare.

«Sì, è vero. È stato di recente».

«Cosa era successo?»

«Aveva un problema al braccio, all'articolazione della spalla. Le ho dato un'occhiata ma non era niente di grave. Si riprese presto».

«Ma aveva subito qualche trauma?»

«Mi raccontò che si era fatta male lavorando».

«Lei notò qualche segno sospetto sul suo corpo? Intendo qualcosa che facesse pensare a percosse subite?».

La Malfa tacque pensoso. Poi sbuffò, come affaticato.

«Vede, un livido è un livido. E non c'è scritto sopra "percosse" oppure "urto accidentale". Notai qualcosa, sì, ma non pensai a quello a cui sta alludendo lei».

«Però notò dei segni».

«C'era un ematoma e lei...».

Si fermò, pensai si stesse censurando, ma tirò fuori dalla tasca il telefono.

Rispose un po' brusco.

«Che c'è?».

Si era allontanato di qualche passo. Un'espressione ostile e contrariata sul volto. Tirai a indovinare: una moglie con cui era arrivato alla frutta. Quando carpii un riferimento a bambini piccoli capii che ci avevo preso.

Tornò dopo pochi secondi, scuro in volto.

«Mi scusi... dicevamo?».

Ripetei a memoria come un cancelliere in tribunale.

«C'era un ematoma e lei. Lei cosa?»

«Non lo so, non ne sono sicuro ma ora che mi ci ha fatto pensare, lei fu come evasiva, come se volesse nasconderlo. Forse è lei che mi sta suggestionando con questa domanda. Lei pensa che fosse vittima di maltrattamenti da parte di qualche uomo? Con tutto quello che si sente in giro, in effetti...».

«Non lo so. Ma è un'ipotesi. La ringrazio per il suo tempo».

Gli tesi la mano, aveva una presa vigorosa, che restituii in modo maschio, e me ne andai.

Per la testa mi frullava tutto un film sulla morte di Zofia. Ma bruscamente, la mia proiezione mentale venne interrotta. Da una inaspettata telefonata di mia madre. O meglio, di un tizio che mi chiamò dal telefono di mia madre facendomi crepare di paura. Mi comunicò che mamma era caduta per strada. In un attimo me la immaginai stecchita e *conzata*, come diciamo a Palermo dei morti nella bara, nel salotto di casa sua. Sono sempre un po' pessimista di natura, lo riconosco. Ma per fortuna mamma non era morta, si era "solo" rotta una gamba ed era un po' confusa. Delle brave persone la avevano soccorsa e avevano chiamato il 118 e adesso stavano dando la notizia a me. Mentre il soccorritore mi dava notizie, la sentivo in sottofondo che blaterava di stare bene e che non si era fatta niente. Era tipico di mamma. La immaginai intenta ad alzarsi da sola invano, cocciuta come sempre, e nella disgrazia mi venne da ridere.

Lì per lì, sollevato nell'apprendere di non essere diventato orfano al cento per cento, non misi subito a fuoco la portata del cataclisma. Ma ci arrivai ben presto, quando capii che mamma per un pezzo non avrebbe potuto badare a sé stessa, figuriamoci a Nico. Una specie di uragano si abbatté sull'organizzazione della mia vita. E per un pezzo dovetti allentare al lavoro per andare appresso a mia madre e al mio bambino.

Fu così che la storia della povera polacca ammazzata uscì dalla mia vita per cause di forza maggiore. Per rientrarvi improvvisamente solo un mese dopo, nel momento e nel luogo più impensati: al cenone di Natale.

Parte seconda
Vite

Didn't anybody tell her?
Didn't anybody see?

She Came In Through the Bathroom Window
The Beatles, 1969

15
Racconto di Roberto Corsaro

Nino Kapanadze cercò una panchina a Villa Bonanno per mettersi comoda. E raccontarmi tutta la storia. Presi posto accanto a lei, mentre la curiosità mi divorava.

«La signora Enza era buona. Aveva carattere un po' difficile ma andavamo d'accordo. Passava molto tempo davanti alla televisione e vedeva sempre telefilm di omicidi, di… come si dice, film thriller, polizia, cose così. Con la testa cominciava a non stare più bene e qualche volta confondeva la realtà con la fantasia».

Un'ondata di delusione mi gelò. Forse era tutto più semplice di come avevo pensato. Forse le cose stavano proprio come aveva detto Totò Guccione, il nipote, e cioè che la buonanima fosse venuta a pormi quella strana domanda per qualcosa che aveva visto in TV. Ma Nino aveva accennato a un'altra morte. E quindi restai in silenzio, lasciandola proseguire, attendendo che arrivasse a spiegare il senso delle sue parole di poco prima.

«La signora Enza non aveva molti amici. Lei diceva che della gente non ti devi fidare, che le persone anche se sembrano gentili possono essere cattive, che non sono tutti buoni come sua nipote Virginia, che lei voleva tanto bene, ma davvero tanto. Però aveva una vecchia amica, pure lei anziana, pure lei ammalata, pure lei viveva con badante. Si chiamava Lilla. Si conoscevano da tantissimi anni, avevano lavorato insieme, Lilla era stata madrina di battesimo del figlio di signora Enza. Si sentivano tutti i giorni, qualche volta si vedevano, ma poco, però parlavano sempre al telefono. Anche signora Lilla, come si dice... perdeva colpi? È così che si dice in italiano mi sembra. Insomma, era anziana e qualche volta si scordava le cose. Pure lei come signora Enza stava sempre davanti a televisione, vedevano gli stessi programmi, poi si chiamavano e ne parlavano. E quindi sempre avevano questi discorsi su assassini, delitti, misteri, indagini, queste cose. *Mischine*, passavano tempo così, non facevano male a nessuno».

«Ed è questa signora Lilla che è morta?».

La georgiana annuì platealmente. E riprese a parlare.

«Sì, a ottobre. Si è sentita male ed è morta a casa. Proprio come signora Enza. Ma, *mischina*, lei stava molto male, aveva problemi di tutti i tipi, dolori, non si muoveva, stava quasi sempre chiusa in casa. Noi qualche volta andavamo a trovarla con l'autobus».

«E scusi, Nino, non ho capito: lei pensa che quando la signora Enza mi ha fatto quella domanda allo studio si riferisse alla sua amica Lilla?»

«Sì».

Non era esattamente una risposta esaustiva. Mi armai di pazienza per non apparire brusco.

«E perché?»

«Perché signora Lilla diceva che la volevano ammazzare».

«Ma chi la voleva ammazzare? E a chi lo diceva?».

Dovetti alzare un po' troppo la voce perché la georgiana mi rifilò un'occhiataccia disturbata.

«Avvocato, stiamo parlando di due signore non più giovani che cominciavano a perdere qualche colpo. Passavano tutto il giorno a vedere telefilm di omicidi, di polizia, di misteri, ed erano un poco... non lo so come si dice».

«Suggestionate?».

Nino fece una smorfia come a dire: se lo dici tu.

Avessi detto *catalizzate* o *trebbiate* o *sconquassate* sarebbe stata la stessa cosa. Colpa mia, ovviamente.

«Intendo dire che si facevano impressionare dalle cose che vedevano in televisione», mi spiegai meglio.

«Esatto. È così. Signora Enza non guardava solo telefilm, leggeva anche libri gialli, tre o quattro al mese».

«Sì, ho capito ma lei non mi ha risposto. Chi avrebbe voluto ammazzare la signora Lilla?».

Nino sbuffò scuotendo la testa.

«Nessuno la voleva ammazzare! Ma una volta, qualche mese fa, lei è stata male, è stato qualcosa che aveva mangiato forse, o l'influenza, chi lo sa. Ha vomitato, ha avuto diarrea e tutti questi problemi e lei si era messa in testa che qualcuno aveva cercato di ammazzarla, di… come si dice, avvelenarla».

«Qualcuno chi? E perché, poi?»

«Ma che ne so, avvocato? Erano cose assurde, secondo me. Però, la mia signora, Enza, che ha sempre avuto antipatia per il figlio della signora Lilla, ha cominciato a credere che lui veramente la voleva ammazzare per i soldi dell'eredità. E quando signora Lilla è morta all'improvviso, lei mi ha detto: *hai visto, Nino, avevo ragione io, lui alla fine c'è riuscito*. Io ho detto: *no, signora, è stata una disgrazia, non pensi a queste cose brutte*. Ma a lei non piaceva quando io la… come si dice?»

«Quando la contraddiceva?»

«Sì, giusto. Si arrabbiava, voleva sempre avere ragione lei. Però poi ci pensava anche un giorno dopo, e magari faceva come dicevo io».

«E questa signora, quindi, aveva un figlio».

«Un figlio e una figlia. Ma la figlia vive al Nord, viene qualche volta. Alla signora Enza piaceva, diceva che è bella donna».

Mi fermai per un attimo a pensare. *Se mio figlio mi*

ammazza, aveva detto la donna quel pomeriggio al mio studio. Sembrava collimare.

«Come si chiamava questa amica della signora Enza?»

«Lilla Rampazzo. Si conoscevano da tutta la vita. Avevano lavorato insieme».

«Che lavoro facevano?»

«Si occupavano di un centro per ragazzi, non so bene, è stato molti anni fa. Lilla era il capo, la signora Enza era il suo braccio destro, si dice così, no?»

«Sì, esatto. E quando è morta questa signora Lilla?»

«A ottobre. La signora Enza ha pianto tanto, si è molto abbattuta. Penso che lei è morta poco dopo anche per dispiacere di non avere più la sua amica. Mi ricordo che quando mia nonna morì, mio nonno è morto un mese dopo».

«Come morì Lilla?»

«Si sentì male un giorno, a casa sua. Era sofferente, povera. Così, all'improvviso, come la signora Enza».

Due morti rapide, all'improvviso. A breve distanza. Ma in che razza di mistero mi stavo andando a cacciare? E c'era davvero un mistero, o solo nella mia fantasia e in quella di due vecchiette a cui i gialli in TV avevano fatto il lavaggio del cervello? Nessuno sembrava essersi insospettito per quelle morti. Perché in fondo nessuno si insospettisce se una persona avanti negli anni si sente male e lascia questo mondo. È una cosa naturale, fa parte del grande gioco della vita. Erano morti invisibili, di persone invisibili, i nostri vecchi, quelli a cui spesso prestiamo poca attenzione. Ripensai a mia madre a casa con la sua gamba rotta, a come non l'avessi chiamata negli ultimi due giorni, e mi sentii una deiezione di cane.

«E lei per caso sa se i figli di Lilla fossero lì con lei?»

«La figlia no, era al Nord. Il figlio sì. C'era professore con lui».
«Guccione?»
«Sì, professore Totò, il nipote di signora Enza».
Ah, però. Le sorprese non finivano mai. Il geologo squattrinato si trovava sul posto. E chissà che ci faceva.
«Come mai?»
«Non lo so», fece spallucce Nino.
«E invece quando morì la signora Enza, il nipote c'era?»
«Era venuto quel giorno. Poi se ne era andato. Quando la signora si è sentita male l'ho chiamato. Ma all'inizio non pensavamo che era una cosa grave. Il giorno prima aveva voluto mangiare arancine per Santa Lucia, era tanto golosa. E le avevano fatto male, aveva vomitato tutta la notte. Quella sera pensavo che le era tornata solo nausea, invece poi ha avuto problemi a respirare e non ha capito più niente. Io ho chiamato ambulanza e anche professore. Ma quando tutti sono arrivati signora era morta. È stato molto brutto».
E qui, la mascolina donna dell'Est, che fino a quel punto mi era apparsa dura come la roccia, ebbe un momento di commozione, la sua voce basa da contralto si incrinò, gli occhi le si bagnarono.
Le lasciai il tempo di riprendersi. Intanto, un tizio si piazzò sul marciapiede non lontano da noi, accese uno stereo portatile a tutto volume e cominciò a cantarci sopra a squarciagola.
«E chi altro venne a casa della signora Enza quel giorno? C'era lei, ovviamente. E poi?»
«Di mattina era venuto il dottore Realmonte, il medico di famiglia. Perché la signora aveva avuto questo *intossico*», disse usando l'espressione palermitana per intossicazione.
«E le aveva prescritto dei farmaci?»

«Le ha fatto un'iniezione. Poi se n'è andato ed è passata la figlia della signora Lilla, Alessandra».

«Ma non stava al Nord?»

«Era venuta a Palermo per sbrigare delle cose ed è passata a salutare signora. Aveva portato dolcetti di mandorle, come si chiama, quelli a forma di frutta…».

«La *martorana*».

«Sì, ma io gliel'ho fatta portare indietro. Signora era stata male e non poteva mangiare quelle cose. E se lei le lasciava lì, la signora Enza avrebbe trovato il modo di mangiarle di nascosto. Era terribile, come bambina».

«E quindi Alessandra. Poi?».

Nino si grattò la testa rimuginando.

«Poi quando stava andando via Alessandra, come ho già detto era passato il professore, per vedere come stava la signora».

Mi fermai lì, con una gran confusione in testa. Nino era stanca, era stata fin troppo paziente con me.

Si inserì nella mia lunga pausa.

«Avvocato, se lei sa di qualcuno che ha bisogno di badante…».

Certo, le mie erano elucubrazioni da *panza china*, da chi ha lo stomaco pieno. Chi deve riempire la pentola bada a faccende più concrete. E dire che una badante l'avevamo dovuta cercare il mese addietro, per l'incidente di mamma, ma l'avevamo trovata. E ancora reggeva, malgrado mia madre mettesse a dura prova la sua pazienza. Ancora per poco, visto che stava per tornare, a Dio piacendo, alla vita pre-caduta.

«Certo, se mi capita le farò sapere», risposi senza crederci troppo. Lei mi credette ancora meno e fece per alzarsi. Il nostro tempo era scaduto. Ma c'era un'ultima cosa che dovevo chiederle.

«La signora Enza, per quanto lei sappia, ha mai parlato con qualcuno di questa sua idea che Lilla fosse stata ammazzata?».

Nino fece una smorfia perplessa.

«Non a Virginia, le ho detto che non doveva farla preoccupare con questi discorsi. E quando si parlava di Virginia, la signora diventava più lucida. Forse lo ha detto a suo nipote, al professore. O forse… no, non lo so».

«E lei, Nino, ne ha parlato con qualcuno?»

«Io no…».

Si fermò come di soprassalto. Un ricordo dovette pungerla dentro. E dalla sua smorfia immaginai si trattasse di qualcosa di molto tagliente.

«Si è ricordata di averlo detto a qualcuno?»

«No, no… io… niente, niente», balbettò evasiva.

«Cosa?», la incalzai.

«Devo andare, avvocato, buona giornata», troncò lei sbrigativa. Mi voltò le spalle e la guardai allontanarsi, proprio come quel pomeriggio dalla finestra del mio studio, mentre mi chiedevo cosa avesse voluto nascondermi e perché.

16

Il 23 dicembre, il giorno dopo il mio incontro con Nino, mi toccò scapicollarmi in tribunale ad Agrigento. Una giudice aveva fissato per quella data assurda l'ultima udienza di un mio processo. Il mio cliente, tale Campisi, era un funzionario di quelle che un tempo si chiamavano province. Era un brav'uomo, un palermitano di cui in passato avevo difeso la moglie per una storia di una presunta truffa aggravata, finita nel nulla. Questo Campisi era un pacifico che nella vita non aveva mai messo in tasca un soldo che non fosse il suo stipendio. Gli avevano contestato reati da quattro soldi, un inesistente abuso d'ufficio, un reato per il quale le cause finiscono quasi sempre nel nulla, e gli avevano applicato una misura cautelare, una sospensione, durante le indagini. Avevo fatto ricorso prima al Riesame e poi alla Cassazione. Che aveva annullato tutto e smontato pezzo per pezzo l'impianto dell'accusa con parole al limite della mortificazione per il pm, un tale Lombardi, arrogante e maleducato come pochi. Avrebbe dovuto chiedere di archiviare già allora, le parole della Cassazione erano macigni. Invece aveva chiesto il processo. E figurarsi se in quel monumento di inutilità che è l'udienza preliminare un giudice si fosse preso la responsabilità di dire: *vada a studiare, signor pubblico ministero e ripassi un'altra volta*. Il processo s'era fatto, davanti a questa giudice inadeguata e pavida, che il pm trattava come una pezza da piedi. Quella mattina, due giorni prima di Natale, all'udienza conclusiva, la giudice dopo le scartoffie finali disse che la corte si ritirava per deliberare. A quel punto, senza battere ciglio, si alzò in piedi e restando al suo posto lesse la sentenza di condanna. Era già pronta. Mi alzai platealmente e uscii dall'aula prima che finisse di leggerla. Avrei voluto gridare tutto il mio disprezzo per quel modo indecente di dire il diritto, per quello scempio che quotidianamente si consumava sotto agli occhi di tutti. Avrei voluto tirare per la giacca uno di questi interessati o ingenui cantori di quel circo e sbattergli in faccia la verità, la desolazione, l'obbrobrio di quella che qualcuno continuava ipocritamente a chiamare "giustizia". Avrei voluto buttare la toga nel cesso e ritirarmi in campagna, come Coriolano, o Cincinnato, o come cazzo si chiamava lui. E invece me ne andai al bar, telefonai a quello sventurato del mio cliente per dargli la brutta notizia e mi mangiai un'arancina per finire di sfasciarmi lo stomaco.

Sopravvissi a quella trappola mortale che è la Palermo-Agrigento con i suoi cantieri e rincasai che erano le due, d'umore nero. Ma il meglio doveva ancora arrivare. Perché Monica era uscita per accompagnare Giacomo non si sa dove e a casa, oltre a Fortunato, il nostro pesce rosso monocolo, trovai solo mia figlia Rebecca. Finalmente non murata viva in camera sua.

Era seduta sul divano in soggiorno, con il cellulare in mano, muta come Fortunato.

«Ciao papà», fece nel vedermi. E si alzò per sgattaiolare nella sua stanza. Ma io la fermai.

«Aspetta un attimo», le dissi cercando di usare un tono che fosse il più neutro possibile.

Lei sbuffò.

«Ho da fare, papà».

«Siediti un attimo, ti prego».

Alzò gli occhi al cielo, quei begli occhioni uguali a quelli di sua madre, e disturbata mi accontentò. Mi sedetti vicino a lei.

«Da qualche giorno cerco di parlarti. Non ne abbiamo avuto l'occasione».

«Di cosa dobbiamo parlare?», mi sfidò lei con quello sguardo cattivo e arrabbiato che tutti noi da adolescenti abbiamo avuto.

«Di te».

«E come mai all'improvviso ti interessa l'argomento?».

Sì, era uguale a sua madre. Solo più fragile e insicura.

«Perché ti voglio bene».

«Ho capito. Mamma ti ha detto della psicologa. La privacy questa sconosciuta».

Era nera. Me la ricordai piccolissima. Si arrabbiava come una belva quando Fiona e Shrek si separavano e la principessa si rassegnava a sposare Lord Farquaad. Gridava rivolta verso la TV col suo faccino corrucciato: "No, lui è brutto e cattivo! Non lo sposare, scema!".

«Vuoi parlarne?»

«No, se avessi voluto parlarne lo avrei fatto di mia iniziativa».

«Cosa c'è che non va?»

«Niente, papà, non sto bene e ho capito che ho bisogno di aiuto».

Si sforzava di apparire forte e calma, era tesa come una corda.

«Questo è un segno di grande maturità da parte tua. Non sempre è facile rendersi conto di avere bisogno di aiuto, non tutti sanno chiederlo».

«Papà, scusa, non mi sento di parlare adesso».

Si alzò, ostentando un'aria algida.

«Non avere paura, ho letto che tantissimi ragazzi della tua età stanno attraversando delle difficoltà dopo la pandemia, il lockdown e tutto il resto. È stata dura per voi, più che per noi. Ma io ci sono sempre per te, tesoro. Ti prego, non dimenticarlo».

«Non me ne ero accorta», mi rispose aspra e mi voltò le spalle.

«Rebecca, al mondo non amo niente più di te», le dissi appoggiandole una mano sui capelli. Lei non disse una parola.

«Vieni qui, fatti abbracciare almeno», la pregai.

Si girò con gli occhi umidi. Mi strinse e io feci altrettanto. Poi si staccò da me, mi disse scusa con un filo di voce e si ritirò nella sua stanza.

Rimasi lì per un pezzo, sentendomi inutile e amareggiato, perso in pensieri bui. Finché il mio cellulare mi riportò alla realtà.

Era Virginia Guccione.

«La disturbo in questo momento?», mi chiese educatamente.

«No», ma la mia voce e il mio tono, mi resi conto, dicevano tutt'altro.

«Sicuro?»

«Mi dica pure».

«Volevo solo sapere se avesse parlato con Nino».

«Sì, ci siamo visti ieri».

«E cosa le ha detto?».

Le raccontai sinteticamente la conversazione con la georgiana.

«Mi sembra che ci siano delle cose inquietanti», commentò la ragazza.

«A cosa si riferisce? Cioè... ti riferisci?»

«Che era morta l'amica di zia Enza lo avevo saputo. Che la donna polacca ammazzata fosse la sua ex badante confesso che non lo sapevo. Negli ultimi due mesi ho studiato tanto e non ho letto molto i giornali».

«La morte della signora Kowalska per quanto ne sappiamo non c'entra niente con la signora Lilla e meno che mai con la tua prozia».

«Sì, ma sono tre persone che muoiono una dopo l'altra in pochi giorni e... Un attimo! Mi sto ricordando una cosa».

«Cosa?»

«Una delle ultime volte che parlai con zia Enza. Mi era sembrata agitata. Le chiesi cosa c'era che non andasse e lei mi rispose con una frase sibillina. Disse: *non c'è due senza tre e la terza magari sarò io*».

«E tu non le hai chiesto a cosa si riferisse?»

«Sì, ma lei non volle dirmelo. Si fece una risata, mi diede un bacio, tirò fuori una banconota da cinquanta euro e mi disse di andare a divertirmi anche per lei. Era fatta così».

«Perché non me lo hai detto prima?»

«Perché nemmeno lo ricordavo! La zia Enza era un tipo strano, un po' teatrale, aveva spesso sparate misteriose, mezze frasi, era fatta così».

Ripensai al mio incontro fugace con l'anziana donna e la riconobbi in quella descrizione. Pensai anche a quanto aveva detto Nino sul rapporto tra Enza e Virginia, su come la prozia fosse protettiva verso la nipote. Tutto filava. E quel n*on c'è due senza tre* era stato un altro inquietante presagio di morte.

«Avvocato, si deve fare qualcosa», disse solenne Virginia.

Riflettei per un attimo. Volevo davvero andare fino in fondo a quella storia? O avrei fatto meglio a concentrare le mie energie su mia figlia e il suo momento di difficoltà, su mia madre e i suoi malanni e sul resto della mia vita?

«Si potrebbe chiedere alle autorità di indagare», dissi infine.

«E lei lo può chiedere?»

«No, tu lo puoi chiedere. Sei una parente».

«Io vorrei... ma...».

Si fermò all'improvviso.

«Ma?»

«No, è che... non so se... mio padre».

Suo padre. Già. Tornava sempre nei racconti degli ultimi giorni di Enza Caruso e persino di Lilla Rampazzo. E della morte della zia, anche se non conoscevo i dettagli del testamento, probabilmente beneficiava più di tutti. Indovinai quello che frullava nella testolina di questa ragazza. Era paura. Paura di scoprire una verità dolorosa.

«Vuoi parlarne con lui prima?», domandai.

«Mi ci faccia pensare. Ci risentiamo subito dopo Natale, va bene?».

La sua voce si era incrinata d'angoscia. La salutai immaginando il suo travaglio.

17

Racconto di Fabrizio Corsaro

Il 24 sera ci ritrovammo tutti a casa di mia madre, che da quando si era fatta male, aveva preso a fare i capricci come forse mai aveva fatto nella vita. Era come se improvvisamente, per una sorta di beffardo sortilegio, si fosse tramutata in una bambina con una certa propensione a chiedere, lei che piuttosto che pesare su uno dei suoi figli si sarebbe fatta tagliare un paio di dita. Mi fece il primo cazziatone sette secondi dopo che varcai l'uscio di casa.

«Ah, il Bambinello ha fatto il miracolo di fare apparire il mio secondogenito. Alleluia. Vieni, Fabrizio, vediamo se mi ricordo ancora che faccia hai».

«Mamma, ci siamo visti quattro giorni fa», avevo obiettato avvicinandomi per darle un bacio. Lei mi aveva concesso un sorriso bonario e subito aveva spostato le sue attenzioni su Nico, che le era saltato al collo.

La famiglia di mio fratello era già sul posto. Monica e Roberto avevano apparecchiato la tavola natalizia e la dimestichezza con cui mia cognata si muoveva in cucina mi fece immaginare che quella sera avremmo mangiato roba cucinata da lei, una delle grandi prove della vita. Quella salma di mio fratello, fortunatamente, spazzò subito via quel mio funesto pensiero.

«Abbiamo ordinato tutto alla gastronomia sotto casa nostra, sono bravissimi», mi aveva rincuorato leggendomi nel pensiero.

«Meno male. Io e Nico abbiamo portato una quintalata di dolci, non farti esami del sangue fino a maggio sennò mi cadi in depressione».

Giacomo girava per casa con una pistola giocattolo in mano sparando a tutti con pose da killer della camorra. Rebecca sedeva sul divano e salutò me e il bambino con poco slancio. Era molto bella mia nipote, come sempre, ma nei suoi occhi lessi subito un qualcosa che conoscevo bene, quel male di vivere che gli altri non capiscono e ti fa sentire solo come un cane. Mi addolorò molto cogliere quel segno nel suo sguardo e mi appartai per un po' con mio fratello.

«Che ha tua figlia?»

«Non lo so, cose adolescenziali. Con me lei fa la misteriosa. Mia moglie è più omertosa del più mafioso che ho difeso in tribunale e non mi dice niente. Va da una psicologa».

«Chi, tua moglie?»

«No, Rebecca, cretino».

«Se cambi il soggetto nella frase lo devi dire. È colpa tua».

«Va bene, ora me lo appunto».

Eravamo nel salotto dove mamma malgrado la gamba rotta aveva preparato il suo imponente presepe, grazie all'aiuto di Giacomo e Nico. Su un tavolinetto antico c'erano le foto del matrimonio dei miei e quelle delle nozze di Roberto e Monica. Per non discriminarmi, mamma quell'anno aveva fatto incorniciare un bello scatto con me e Nico e l'aveva posizionato a completare il trittico. Il mio bambino si faceva ammirare anche in uno spettacolare primo piano che mamma aveva piazzato in zona nipoti, tra le foto della prima comunione di Rebecca e Giacomo, sopra un grosso mobile in legno scuro ornato con ghirigori da cineseria.

«Fa bene ad andare dallo psicologo», dissi dando una specie di pacca alla mummia.

«A te a cosa è servito?», chiese lui serio.

«Non l'ho ancora capito bene, ma male non mi ha fatto».

Roberto si lasciò cadere su un divano. Aveva sempre quell'aria afflitta da moribondo. E sempre meno capelli su quella testa che scoppiava di paturnie.

Mi sedetti vicino a lui.

«Avrà avuto qualche delusione d'amore, non stare a preoccuparti troppo. È l'età».

«Può essere. Ma se è così, l'ha presa male».

«Sono fragili, Robe'. Gli adolescenti lo sono sempre stati ma questi adolescenti di oggi lo sono dieci volte tanto».

Sollevò un sopracciglio e con una di quelle sue facce rettali mi canzonò.

«Ora sei diventato un conoscitore del mondo adolescenziale?».

Lo mandai a fanculo con un gesto parco della mano. Ma in materia avevo davvero le mie idee. E molto precise. Secondo me, è tutto un problema di attesa. Noi eravamo cresciuti imparando ad aspettare, loro no. Noi se volevamo guardare un film che ci piaceva dovevamo attendere che lo dessero in TV. Loro lo hanno subito sottomano. Per sentire una canzone ci toccava aspettare che passasse in radio o che un amico ci registrasse una di quelle belle cassette. Oppure di mettere su il gruzzoletto che serviva a comprarti il cd. A loro basta un clic. Per i gol della domenica, non c'erano santi, si dovevano fare le sei e un quarto perché apparisse la faccia sorridente di Paolo Valenti dopo la sigla di *Novantesimo minuto*. Loro vedono tutte le partite del mondo in diretta. Se avevamo bisogno di conoscere qualcosa dovevamo cercare un libro, aprire l'enciclopedia, o magari trovare qualcuno che ne sapesse parlare. Per loro c'è Google. Sono due mondi diversi, e noi siamo i reduci, gli ultimi sopravvissuti di quello vecchio. Siamo la generazione rimasta in mezzo al guado. Eravamo troppo vecchi quando il mondo è cambiato per abituarci senza sentirci spaesati, e troppo giovani per dire *sapete che c'è, sono cazzi vostri*. Ma nel nostro mondo perduto, l'attesa temprava, ti educava alla mancanza, ti faceva apprezzare molto quello che ottenevi, senza darlo per scontato. Il mondo nuovo, quello ad attesa zero, è molto comodo, certo, ma rischia di trasformarsi in una fabbrica di invertebrati che s'afflosciano alla prima difficoltà. O almeno, è così che la vedo io.

«C'è una cosa di cui ti devo parlare», principiò solenne mio fratello maggiore.

«Di che si tratta, Bambino?», risposi appellandolo come il fratello burbero di Trinità, ben sapendo che è una delle cose al mondo che più gli dà sui nervi.

«Della polacca ammazzata a Cruillas».

Fu un colpo al cuore. Mi ero appassionato a quella storia. Ma l'incidente di mamma aveva travolto tutto. Avevo dovuto prendere dei giorni per andare appresso a Nico e riorganizzare la nostra vita. E tutto il lavoro sul mistero di Zofia Kowalska era andato a farsi benedire.

«Cosa vuoi sapere?».

Fu allora, che mamma da lontano ci richiamò all'ordine.

«Fratelli Corsaro, dove siete finiti? Nessuno dà una mano a Monica? Vi siete trasformati nei conti di Grantham e lasciate fare alla servitù?»

«Avete sentito vostra madre, sfaticati?», le fece eco mia cognata.

Ubbidimmo lesti, mettendoci all'opera.

La cena fu gradevole, il cibo buono, il vino, un rosso corposo che avevo acquistato io, ancora di più. Mamma si rilassò e tornò la solita, Monica prese in giro Roberto per le sue fissazioni, Nico fu felicissimo perché Giacomo, il suo eroe, passò tutto il tempo a parlare con lui, persino Rebecca dopo un po' si sciolse e quel velo triste si scostò dai suoi begli occhi giovani che tornarono luminosi. Dopo aver desinato, satolli di salmone, lasagne, lacerto coi piselli, patate al forno e cassata, con la TV accesa sul finale di *Una poltrona per due* scattò l'operazione scartamento dei regali, per il tripudio di Nico. A me toccò il solito trittico bagnoschiuma, shampoo e deodorante da mia madre, che aveva delegato a Monica l'acquisto, e un bel paio di guanti da motociclista dai miei nipoti. Poteva andare peggio.

Infine, io e Roberto potemmo appartarci un po', con un bicchiere di passito in mano, a riprendere il discorso di prima.

«E allora, perché ti interessa della polacca?».

Roberto sorseggiò il vino dolce e prese fiato.

«È una storia lunga. C'entra con due morti invisibili».

«Sei ubriaco?»

«No. Ora ti spiego tutto».

E mi raccontò tutta la storia. Partendo dalla scampanellata al suo studio che aveva preceduto l'apparizione di Enza Caruso. E tutto il resto. Ci mise una vita, pignolo per com'è.

«Ho saputo del collegamento con la polacca solo l'altro giorno. E ho letto gli articoli sull'aggressione, ce ne erano diversi tuoi».

«Sì, è stato tempo fa. Ci ho lavorato per un pezzo, poi mamma si è fatta male ed è stato un casino, lo sai».

«Lo so».

«Ho parlato con i suoi amici polacchi, con i due figli della Rampazzo. E pure col medico e con un fisioterapista».

Gli esposi in modo abbastanza dettagliato quello che

avevo appreso. Ci volle un bel pezzo anche per quello, visto che mio fratello mi interrompeva in continuazione per farmi domande come se fossi stato un testimone alla sbarra.

«Che te ne sembra di tutta la storia?», mi chiese alla fine.

«Aspetta, fammi riordinare le idee, che tu sei sempre prolisso, qui serve la mia capacità di sintesi. Una vecchietta, malconcia, muore più o meno all'improvviso. La sua badante rimasta disoccupata viene aggredita a casa e muore pure lei. E infine, dopo un'altra manciata di giorni, muore sempre all'improvviso un'altra nonnina, cardiopatica, migliore amica della vecchietta di cui sopra. E pure lei più o meno all'improvviso».

«Esatto, mi compiaccio nel constatare che una volta tanto mi hai ascoltato con attenzione».

«E le due anziane quindi erano molto intime».

«Si conoscevano da una vita».

«Ma Lilla D'Amico vedova Rampazzo era ricca sfondata, gente da salotti buoni della Palermo coi *piccioli*. Mentre quest'altra da quello che mi dici tu era una persona normale. Non appartenevano agli stessi mondi».

«La badante georgiana mi ha detto che avevano lavorato insieme, in un centro per ragazzi. La Caruso era il braccio destro di Lilla Rampazzo».

«Che significa *un centro per ragazzi*? Tipo Disneyland o tipo San Patrignano?»

«Non lo so».

«E secondo me lo dobbiamo scoprire».

«Posso farlo fare a Gaetano».

«Bravo Perry Mason. Ancora vivo è il tuo Paul Drake azzoppato?»

«Sì, ma dice che si vuole ritirare».

«Certo, non ne potrà più di te. Come dargli torto?».

Avevo finito il passito. Mi alzai, afferrai la bottiglia

rimasta a tavola, a che c'ero andai a recuperare il mio taccuino nero dalla tasca del giubbotto e tornai dalla mummia a mani piene.

«Bevi, che ti fa bene», gli dissi riempendogli il bicchiere. Una volta tanto non protestò evocando trigliceridi, transaminasi e compagnia cantante. Quel passito gli piaceva un sacco.

«È una storia inquietante, vero?», mi chiese.

«Forse. Ma forse sono solo elucubrazioni e fantasie senili. Allora, ricapitoliamo. Vediamo di appuntare anzitutto chi è stato a casa delle due vecchiette i giorni in cui sono decedute».

Aprii il taccuino e cercai una pagina libera.

Roberto parlò.

«Quando è morta Enza Guccione Caruso con lei c'era questa Nino Kapanadze, badante georgiana».

«Come si scrive?».

Mi fece lo spelling. E proseguì.

«In giornata erano stati a casa sua il medico di famiglia, il nipote ed erede, tale professore Guccione, e, altra coincidenza interessante, la figlia di Lilla Rampazzo».

«Alessandra. Bella femmina. Non il mio tipo, ma...».

«Non cominciare a fare il maniaco che ti distrai. Hai scritto tutto?».

Lo odio quando fa così. Mi fa venire voglia di ballargli tutta la coreografia di *Flashdance* su quella testa di cazzo.

«Ho scritto. Andiamo a Lilla Rampazzo».

«E qua ti voglio. Lo sai chi c'era stato a casa di Lilla il giorno che è morta?»

«Certo che lo so», risposi.

«Sai anche che c'era Guccione, il nipote di Enza?».

Minchia, no. Sfogliai all'indietro il taccuino. E trovai l'appunto.

«Cioè, mi stai dicendo che *Totò*, l'*amico di famiglia*

che era andato a trovare Stefano Rampazzo per chiedergli un consiglio quel giorno, proprio a casa della madre, era il nipote di questa Enza Caruso?»

«Esatto. Guccione Salvatore detto Totò, professore e squattrinato».

«Be', questa è notevole. E allora, scriviamo anche per Lilla i nomi di chi era stato in quella casa quel giorno: Totò Guccione, Zofia Kowalska, Stefano Rampazzo, Alessio La Malfa...».

«Che sarebbe?»

«Il fisioterapista, andava da lei ogni settimana. E Manlio Realmonte».

«Come hai detto?», fece con uno scatto di sorpresa Roberto.

«Realmonte. È...».

«... il medico di famiglia!».

«Sì, perché?»

«Era lo stesso di Enza Caruso, Ed è stato anche da lei il giorno in cui è morta».

«Questa grandissima funcia di mi...!».

Mia madre, che stava in un'altra stanza a parlare con Monica e Rebecca, mi richiamò a distanza coprendo il finale.

«Parliamo pulito, giovanotti!».

Ha sempre avuto il parolaccia-detector quella donna.

«Scusa mamma», risposi alzando la voce.

«Ti fai rimproverare regolarmente», se la rise mio fratello.

«È strana questa cosa del dottore, no?»

«È tutto strano».

«Bisogna fare un'autopsia. La Rampazzo è stata cremata, mi hanno detto i figli. Quindi non si può fare più. Ma l'altra magari l'hanno *vurricata* all'antica».

Vurricare è un bel verbo palermitano, significa seppellire i morti.

«Non lo so se l'hanno sepolta o cremata. Comunque, non è che le autopsie te le fanno a gentile richiesta, Fabrì, ti pare che è una radio privata, che chiami e chiedi una canzone per la fidanzata?»

«Ma quanto sei antico, fratello? Guarda che queste cose non si fanno più da trent'anni, Robè. Tu sei rimasto alle feste con i lenti».

Quant'erano belle, però, le feste con i lenti con quelle strusciate proibite. Ancora oggi nel mio subconscio collego automaticamente la voce di Phil Collins all'erezione.

«Comunque, ci sto lavorando. Se la nipote della signora mi dà mandato ho qualche strumento in più».

«Ottimo, avvocato, vediamo di scoprire chi erano davvero queste due invisibili», risposi prima di svuotare in un sorso il mio bicchiere di passito.

18

Il 26 dicembre, non avendo a chi lasciare il bambino, lavorai da casa. A notte fonda c'era stato un incidente mortale sulla circonvallazione e a quello dedicai la mattinata, mentre Nico dormiva fino a tardi un po' come quasi tutta Palermo, messa al tappeto dagli abusi alimentari dei due giorni precedenti. Quando suonò il citofono trasalii. Mi alzai, andai a rispondere e come sempre sentii poco o nulla, visto che l'arnese era mezzo sfasciato da anni. Una voce di donna rispose.

«Sorpresa!».

«Laura?».

Non sentii la risposta e pigiai il tasto per aprire il cancello. Aprii la porta e mi vidi spuntare Giulia sul pianerottolo.

«Mi dispiace deluderti ma non sono Laura».

Indossava la gonna, e con la gonna è sempre stata irresistibile. Notai un filo di trucco sul viso, il che non era una sua abitudine. Stava molto bene.

«Ma che ci fai qua?»

«Wow, che accoglienza. Se vuoi me ne vado».

«No, no, entra», sorrisi impacciato.

Lei si sfilò il bomberino e andò a sedersi sulla mia poltrona.

«Non venivo qui da anni, lo sai?».

Sì, secoli forse. Chissà se da qualche parte in un universo parallelo esisteva ancora il Fabrizio Corsaro di quei tempi.

«Non lavori oggi?»

«No. Sono uscita a fare due passi per smaltire tutto il cibo di questi giorni. Ho camminato finché non sono arrivata qua vicino e ho pensato di salire sui tetti della cattedrale, non l'ho mai fatto».

«E com'è stato?»

«Non lo so, volevo andarci adesso e già che ero qua sotto sono passata a proporti di venire con me. Ma poi questa Laura che aspetti ci resterebbe male e quindi, caro il mio dongiovanni stagionato, andrò da sola».

«Primo: non aspetto nessuno. Secondo: oggi lavoro e quindi non posso accompagnarti da nessuna parte. Terzo: vuoi un caffè?»

«No, dammi un po' d'acqua però».

Obbedii. E poi mi sedetti vicino a lei.

«Va meglio?», le chiesi.

«Sì, stavo morendo di sete».

«No, intendo, rispetto all'altra sera. Stai meglio?»

«Non molto ma non val la pena starci a pensare. Allora, chi è questa Laura?».

Mi stava canzonando. Ma non troppo. Una lama di luce dalla finestra le tagliava quel suo viso armonioso. Era molto bella, lo era sempre stata.

«No, nessuno, non ti fare sempre i tuoi soliti film», mentii spudoratamente, senza che ce ne fosse bisogno. Una specie di riflesso pavloviano di difesa maturato in anni e anni da incurabile poligamo.

Sentii un rumore che arrivava da sotto il sedere di Giulia, una scena alquanto buffa a dire il vero. Lei ebbe un sussulto, si infilò una mano sotto la coscia e tirò fuori il mio cellulare, dimenticato sulla poltrona, che insistente vibrava. Lei osservò il display e mi porse il telefono con un sorrisetto di sfida.

«Tieni. È Laura. Quella che non stavi aspettando».

Presi il telefono e senza rispondere lo posai sul tavolo.

«La richiamo dopo, dai».

«Non è carino, lo sai? Non imparerai mai a trattare le donne come si deve».

Subito quella frase mi fece pensare a Maria, la mia compagna che mi aveva dato il benservito.

«Pensavo di avere imparato e quella che ho trattato come si deve mi ha mollato di punto in bianco. Forse era meglio se non imparavo».

Giulia sorrise e scosse la testa.

«*E tu amica cara mi consoli perché ci ritroviamo sempre soli*», disse citando Mogol, ma senza la melodia di Battisti.

«Sicura che non vuoi niente?»

«No, dov'è il bambino?»

«Dorme».

«Lo posso vedere?»

«Vieni», la invitai. In punta di piedi ci avvicinammo alla cameretta. Il mio piccolo Nico dormiva con la bocca spalancata come sempre. Era bellissimo.

Giulia ne convenne e mi accarezzò i capelli tutta contenta. Ritornammo in soggiorno.

«Lo sai che forse mi rimetto a curiosare sull'omicidio della donna polacca?»

«E come mai?»

«Mio fratello mi ha raccontato tutto un retroscena».

«Spara», mi invitò lei con un guizzo nei suoi begli occhioni.

Le riferii brevemente. Lei sbuffò con una specie di risata soffocata.

«Assurdo. Questa città stringi stringi è un paese», disse.

«Che intendi?»

«Ti ricordi quando ti ho parlato dei Rampazzo al giornale? Ti ho detto che conoscevo bene una loro amica di famiglia. E lo sai chi era quest'amica? L'ex moglie di Totò Guccione».

«Ma dai».
«Sì, Liliana si chiama. Le cose che racconta di questo ex marito, veleno allo stato puro».
«Be', non è che di solito le ex ti fanno un'agiografia».
«Non lo dire a me, che sono una specialista. Ma secondo Liliana questo Totò è un tipo subdolo, vendicativo, un rancoroso capace di pianificare vendette assurde. Ah, e poi è sempre in bolletta, non ricordo se perché è un ludopatico o come diresti tu un puttaniere; insomma, lei lamentava che lui non le pagava gli alimenti con puntualità».
«Non li invidio questi ex mariti. Meno male che non mi sono mai sposato. Sarei finito a dormire in macchina come tanti disgraziati».
«Ma no, se ti capitava una fessa come la sottoscritta l'avresti fatta pure franca», fece lei alzandosi.
«Tu non mi avresti sposato mai».
«Non mi pare che tu me lo abbia mai chiesto», rispose Giulia con un sorrisetto storto. E afferrato il bomberino puntò la porta, mi schioccò un bacio sulla guancia e se ne andò.
No che non glielo avevo mai chiesto. Rimasi in piedi a ripetere quella frase tra me e me. Fin quando non mi ricordai che dovevo richiamare Laura Scelsi.

La sera uscimmo con Laura Scelsi e la figlia, mangiando schifezze. Era programmato che quella sera Nico dormisse da lei per un'ottima ragione che spiegherò più avanti. La serata non fu un granché. Chiacchieravo con Laura e ripensavo a Giulia e a quella battutina che mi aveva riservato prima di andare via. La mia prof del cuore a un certo punto mi chiese cosa mi passasse per la testa, accorgendosi della mia assenza. Le mentii inventando fantomatici problemi al lavoro.
«Vuoi parlarne?», mi chiese con una delle sue pose

molto dolci ed empatiche, posando le sue dita affusolate sulla mia mano.

«No, grazie, pensiamo ai bambini che è meglio», risposi con una finta aria sofferta.

Ma tornato a casa, mi prese uno strano rimorso ripensando a quella bugia. Nervoso, mi misi a fumare nel balcone, una sigaretta dopo l'altra. Il troppo fumo mi guastò il sonno, mi svegliai tre o quattro volte, sempre in preda a incubi contorti. E di prima mattina caddi in un sonno comatoso ed esausto che non mi fece sentire la sveglia.

Aprii gli occhi che erano le nove e mezza, afferrai il cellulare poggiato sul comodino e trovai cinque telefonate di mia madre. Mi ero offerto di accompagnarla in ospedale per un controllo alla gamba quella mattina, per questo avevo lasciato Nico altrove: l'avevo clamorosamente piantata in asso.

Le telefonai mortificato.

«Alla buon'ora», rispose lei ma senza una punta d'astio, sembrava quasi divertita.

«Mamma, perdonami, sono stato male stanotte e...».

«E non hai potuto fare i compiti, bambino mio», se la rise lei.

«Dico davvero, ma', mi dispiace per l'ospedale».

«Tranquillo, ho chiamato quella santa di tua cognata e mi ha accompagnato lei in extremis. S'è guadagnata il premio nuora dell'anno».

«Ma siete ancora lì?»

«Uh, certo, c'è da aspettare ore se ho ben capito».

«Allora non vi muovete che arrivo, così libero Monica».

Mi preparai a tempo di record, mi precipitai in moto dall'altra parte del pianeta, arrivai concitato e penitente sul posto trovando mamma con il gesso e Monica accanto a lei che facevano le ragnatele in una affollata sala d'attesa.

«Scusa mamma, scusa Monica, ho avuto una nottata d'inferno».

«Come quando dormi accanto a tuo fratello che russa?», chiese mia cognata.

«Quasi».

«Ce ne sono ancora due prima di noi – mi informò rassegnata mamma –. A questo ritmo forse in un'ora...».

«Dai, Monica, tu vattene, resto io».

«Ma no, tranquillo, aspetto. Sperando che ci facciano entrare prima di Capodanno e che non ci ricoverino in rianimazione da qui ad allora».

La lampadina s'accese all'improvviso tra i miei neuroni stanchi. La terapia intensiva per i ricoverati in rianimazione era lì vicino, la avevo vista arrivando. Mi ricordai che Zofia Kowalska aveva finito lì i suoi giorni dopo l'aggressione.

«Volete che vada a prendervi qualcosa al bar?», proposi.

«Eh, bravo, portaci due caffè», fece Monica.

Era un'ottima scusa per svignarsela. A passo lesto raggiunsi la terapia intensiva. Ovviamente l'accesso era vietatissimo ma vidi venir fuori dalla porta una infermiera sulla cinquantina, minuta e scattante come una pallottola. La fermai.

«Mi scusi, posso disturbarla un attimo?»

«No, guardi, se vuole parlare col medico deve aspettare qua», fece lei infastidita e pronta a tirare dritto.

«No, no, non c'è bisogno del medico. Lei lavora qui, no?»

«Sì, appunto. Mi lasci lavorare per favore».

Aveva la simpatia innata di un ascesso dentale. Ma senza scomporre la faccia anale che avevo indossato, tornai a insistere indomito.

«Guardi, ero un amico della povera ragazza polacca che è stata ammazzata. So che è stata ricoverata qui e che avete fatto di tutto per salvarle la vita, volevo solo ringraziare le persone che si erano prodigate per lei».

L'espressione arcigna sul viso della paramedica sparì di botto e lasciò il posto a una faccia contrita.

«Ah, poverina. Non c'è stato modo, mi creda. Era in condizioni disperate. Me ne sono occupata personalmente. Condoglianze».

«Ma quando è stata qui la povera Zofia non è mai stata cosciente?»

«Era sedata per lo più. Ogni tanto diceva qualche parola ma delirava, non è mai stata lucida. C'erano qui i poliziotti, volevano parlarci ma non è mai stata in condizione».

«Ogni tanto diceva qualche parola? Cosa diceva?»

«Ma niente, poverina, sentiva freddo, chiedeva una coperta. Gliel'ho sentito dire più volte. E balbettava delle parole. Tipo *baci* o qualcosa del genere. E poi qualche parola nella sua lingua ma chi la capiva... Come quando si parla nel sonno, non era cosciente, non lo è mai stata. Povera cristiana, l'hanno massacrata».

«E mi dica, i suoi amici...».

Non feci in tempo a finire la frase. Una caposala rotonda e feroce apparve al nostro cospetto e richiamò ai suoi doveri l'infermiera con pose da kapò. Mi scusai, ringraziai l'infermiera e me ne andai, quasi dimenticando i caffè. La vista della macchinetta automatica a piano terra nell'edificio in cui si trovavano Monica e mamma mi riaccese la memoria. Mentre aspettavo che il caffè uscisse, voltandomi mi parve di intravedere fuori Alessio La Malfa, il fisioterapista belloccio, allontanarsi accanto a un uomo in camice. Mi sembrò che i due discutessero animatamente. Uscii all'aperto con i caffè in mano ma non lo scorsi. Fermai allora il tizio in camice, forse un ausiliario.

«Mi scusi, ma poco fa c'era qui La Malfa, il fisioterapista?»

«Sì, *se n'è andò ora ora 'ddu beddu spicchiu*», rispose il sanitario che visto da vicino aveva una faccia da ergastolano e parlava con una voce catramosa da fumatore incallito. Infatti, si accese prontamente una sigaretta.

«Lei è amico suo? Sa dove andava?»

«*A fari nno culu*, per quanto mi riguarda, *stu fangu e magnaccio*», rispose il tizio con un'espressione disgustata.

Una voce severa, che avevo udito poco prima, squillò alle mie spalle e mi fece sobbalzare.

«Cortese, invece di fumare salga sopra che serve una mano».

Era la caposala di prima. Il portantino gettò via la sigaretta e mormorò un soffocato *pull'i razza* prima di avviarsi.

Era una tipica espressione palermitana alquanto *tranchant*. La signora, infatti, non era solo *pulla*, ossia donna di facili costumi. Ma lo era *di razza*, cioè, si insinuava, continuatrice di una consolidata tradizione familiare, che tramandava la *pullaggine* come patrimonio genetico ereditario. Ho sempre trovato affascinante questa tendenza del palermitano a elaborare insulti complessi, spesso articolati in perifrasi, come se i miei concittadini non fossero mai sazi dell'ingiuria secca e scondita.

Me la risi e con i caffè in mano tornai da mamma e Monica. Ma non le trovai dove le avevo lasciate. Era arrivato il loro turno ed erano entrate.

La mia inutilità di figlio mi apparve cristallina trangugiando i due caffè, troppo amari per i miei gusti, uno dopo l'altro.

19
Racconto di Roberto Corsaro

«Ho parlato un po' con tua figlia. Ma non ha voluto dirmi qual è il problema».

Monica, sdraiata accanto a me nel lettone, rispose con uno sbadiglio prolungato.

«Roberto, ho sonno, è tardi».

«È un argomento che merita qualche minuto di veglia», obiettai stizzito.

Monica si girò verso di me, con la sua fascia in testa che la faceva sembrare una cipolla.

«Amore, hai fatto bene a parlarle. Lei mi ha detto che è stato un bel momento. Abbi pazienza, sarà Rebecca a metterti a parte di tutto, dalle solo il tempo che le serve».

«Ma si può sapere che succede? È mia figlia, Monica, non mi pare giusto che tu mi tenga all'oscuro».

Mia moglie mi accarezzò il viso.

«Stai tranquillo, non è niente di grave. È l'adolescenza. Sono confusi, fragili, lo siamo stati anche noi. Ma ai tempi nostri non si usava andare dallo psicologo. Non ti allarmare, amore».

«Ha avuto una delusione d'amore?»

«Ecco, lo vedi che non sei completamente scemo. Ora dormiamo, dai. E non ti angustiare, sei un bravo padre, malgrado tutto».

Si girò dall'altra parte e prese a russare meno di venti secondi dopo.

La mattina del 27 dicembre andai a casa di mamma. In ospedale le avevano detto che il gesso non si poteva ancora togliere. E lei stava cominciando a dare di matto.

«Non sono un'invalida civile, mettetevelo in testa».

«Sì, mamma, ma non puoi neanche andare alle Olimpiadi così. Ti prego, cerchiamo di non impazzire tutti».

Fatima, la badante, se la rideva sotto i baffi mentre lavava i piatti.

«Ho bisogno della mia privacy, non sono più abituata alla convivenza», protestava mia madre.

«Appena ti toglierai il gesso tornerai al tuo eremitaggio, promesso».

Fu allora che il mio cellulare squillò. Era Virginia Guccione.

Mi spostai in corridoio e risposi, camminando istintivamente verso la mia vecchia cameretta, che lì stava più o meno come quando abitavo in quella casa.

«Avvocato, ci ho pensato. Io voglio capire che cosa è successo».

«Hai parlato con tuo padre?»

«Mio padre non è molto d'accordo, abbiamo litigato».

«E sei sicura di volere andare avanti lo stesso?»

«Sì, io devo sapere», rispose lei con voce tremante.

Non insistetti. Era maggiorenne e perfettamente in grado di decidere.

«Devi firmare delle carte».

«Posso passare più tardi in studio da lei».

«Sì, facciamo alle cinque. Ti do l'indirizzo».

«L'ho già cercato, grazie, a dopo», tagliò corto lei.

Virginia Guccione mi firmò il mandato quel pomeriggio. Convocai il mio Gaetano e gli chiesi di curiosare un po' su un elenco di persone. Poi scrissi la denuncia e la richiesta di autopsia sul corpo di Vincenza Guccione Caruso e infine me ne andai a casa. Lì trovai

Giacomo che guardava un discutibile film sugli hooligan in TV e Monica che conversava con il nostro pesce rosso. Notai la porta di Rebecca chiusa e bussai. La mia primogenita rispose e mi accordò il permesso di entrare. Era sdraiata con il tablet in mano.
«Disturbo?»
«No, vieni papà», fece lei, apparentemente serena.
Mi sedetti ai piedi del letto.
«Come stai oggi?».
Rebecca sorrise.
«Molto meglio, papà, grazie».
«Ti va di parlare?», le chiesi.
«Oggi mi andrebbe pure. Ma non so se a te andrebbe di sentire quello che ho da dirti».
«Sì, molto».
«Non è facile parlare di queste cose con il proprio padre».
«Proviamo?»
«Niente di eccezionale. Mi ero innamorata. O almeno credevo. È andata male e questa cosa mi ha fatto soffrire».
«E chi era questo povero scemo che s'è lasciato sfuggire la mia principessa?».
Rebecca scosse il capo e fece una smorfia che diceva chiaramente: sei un cretino.
«Non era un povero scemo».
«Ah, be', questo è tutto da vedere», feci io sorridendo.
«Era una povera scema, semmai».
Chissà che faccia dovetti fare in quel momento. Forse quella di Jessica Lange quando Dustin Hoffman si toglie la parrucca alla fine di *Tootsie*. Dovette essere particolarmente ridicola perché Rebecca, malgrado l'intensità del momento, non riuscì a trattenersi ed esplose in una risata, che subito soffocò.

«Tu lo sapevi», dissi a mia moglie a letto quella sera. Il mio tono fu ostile, devo riconoscerlo. Ma l'avevo tenuta dentro per ore e aveva avuto tutto il tempo per bollire.

«Me ne aveva accennato, sì. Ma non credere che mi abbia detto molto».

«E non mi hai raccontato niente».

«Era una cosa sua, Roberto. Hai presente la privacy?».

«Mia figlia è lesbica e tu parli di privacy?»

Monica si sollevò e si mise a sedere sul lettone. Fece una pausa, un silenzio minaccioso precedette le sue parole.

«Primo: essere lesbica, caro il mio uomo delle caverne, non è mica una malattia. È una cosa che la natura contempla, non c'è niente di male o di sbagliato e siccome abbiamo superato il Medio Evo da alcuni secoli non ne farei una tragedia».

«E quello è stato il guaio: accantonare il Medio Evo. Abbiamo buttato nel cesso Dante e San Francesco per consegnarci alla ghigliottina e a Carlo Marx».

«Vabbè, questo affascinante dibattito storico e antropologico lo rimandiamo a un'altra volta, che ho sonno. Rebecca è stata male per vari motivi, la psicologa le ha detto che tanti ragazzi della sua età dopo il lockdown hanno avuto problemi, è una crisi di crescita ed è normalissima, si sentono insicuri, non accettati e temono il giudizio altrui. Comunque, tua figlia non è lesbica, secondo me».

«Io non ho approfondito, lei a quel punto mi ha liquidato, ma dalla battuta che mi ha fatto ho capito il contrario».

«Ti ripeto: se lo fosse non esisterebbe comunque alcun problema, ma secondo me non è lesbica».

«Ah, no? È una questione di dicitura? Come si dice oggi? Fluida?»

«Tua figlia, brutto zuccone, secondo me è eterosessuale. Ha già avuto almeno due fidanzatini, uno l'hai pure conosciuto. Ma si è presa una cotta per un'amica, alla sua età succede, se vuoi saperlo. È stata una cosa platonica, era più un'attrazione mentale. Però questa esperienza l'ha scossa, proprio perché lei non aveva mai provato quel genere di pulsioni verso il suo stesso sesso. E così si è posta delle domande su chi è veramente, e questo la dice lunga sulla sua profondità, e ha voluto parlarne con una psicologa. Devi capire che oggi questi ragazzi sono immersi in un contesto in cui la sessualità è un po' meno… come dire, *definita*, rispetto ai nostri tempi. Lo sai già cosa penso di tutta una certa paccottiglia *woke*, lasciamo perdere. Lei secondo me è solo un po' in confusione per una cosa che invece potrebbe pure non significare molto. Apprezza piuttosto che te ne abbia accennato, bigotto per come sei. Io a mio padre non lo avrei detto neanche sotto tortura. E probabilmente non lo avrebbero detto neanche la gran parte delle sue coetanee».

Non raccolsi e rilanciai.

«E se fosse eterosessuale come dici tu, come potrebbe provare attrazione per una femmina? Io non provo attrazione per i maschi».

Monica sbuffò e alzò gli occhi al cielo.

«Ti sembro eterosessuale io, avvocato?»

«Abbastanza. Per quel che mi risulta».

«Bene, all'età di Rebecca mi presi una sbandata pazzesca per Gabriella Serpotta, una mia compagna di classe ripetente. Suonava la chitarra, leggeva Proust, aveva un seno spettacolare e parlava in francese che era una meraviglia perché sua madre era marocchina. Pensavo di essere innamorata. Non glielo dissi mai. Poi mi passò».

«E a Rebecca è passata?»

«Vedremo, ma se non le passasse: qual è il tuo problema? Mettiamo pure che sia bisessuale, anche se ne dubito: ma vuoi davvero sindacare sul suo orientamento? Smettila di fare l'uomo di Neanderthal. È tua figlia, cazzo».

Usò il *cazzo* a mo' di punto. Era una sua prerogativa. Annuii mortificato e la chiusi lì. Poi sprofondai in un sonno affollato di incubi.

Gaetano, la gamba offesa distesa e due borse sotto agli occhi sempre più voluminose, mi stava riferendo in merito a quanto gli avevo chiesto. Era il 29 dicembre, Dario Matranga era partito con la famiglia per passare il Capodanno in Trentino o in Val d'Aosta, non avevo capito bene, i posti di neve, come quasi tutte le cose che non mi suscitano curiosità, non riesco mai e memorizzarli. Anche a Nadia, la segretaria, avevo dato qualche giorno di vacanza. In studio eravamo soli, io e il vecchio Tanino, sempre più stanco e sempre più incline a ritirarsi.

«Avvoca', i soldi erano della vecchia. I figli quello che gli lasciò il padre più o meno se lo sono mangiati. La vedova Rampazzo invece aveva un gran bel patrimonio. *Piccioli* seri».

«E i figliuoli, invece?»

«Lei li teneva un poco a stecchetto. Il maschio dice che è collega suo, avvocato, ma in realtà lavora con un costruttore amico di famiglia. Lavora si fa per dire. Mi dicono tutti che gli piacciono troppo il pelo e la bibita. E forse pure la polverina, ma su questo non mi sbilancio. Uno che lo conosce dice che questo avvocato chiedeva sempre soldi alla madre».

«Ha moglie? Figli?»

«Separato. *Ficca piedi piedi*». Cioè si accoppia in

giro, ma suggerirei di evitare di usare l'espressione in una conversazione anche informale.

«E la figlia? Alessandra, si chiama».

«Esattamente. Sta in Veneto. Padova è in Veneto, vero?»

«Sì, almeno ultimamente».

«Ha una società. Ha assai debiti a quanto ho capito. Mio figlio si studiò la situazione e dice che tempo un anno questa è fallita se le va bene, in villeggiatura se le va male». E sulla parola *villeggiatura*, con le quattro dita fece il gesto delle sbarre davanti alla faccia.

«Lei ha famiglia?»

«Divorziata, niente figli. Aveva un nuovo compagno, di là sopra, ma non spunta più».

«Non spunta dove?»

«Su Internet. Sparì da mesi. Si saranno lasciati».

«E del professore Guccione che mi dici?»

«Che è senza una lira, peggio di quei due».

«Questo lo avevo capito anch'io».

«Ha pure problemi legali con la ex moglie perché non le paga gli alimenti».

«Insomma, la morte di queste invisibili fa comodo a un po' di gente. E pure la badante georgiana ha incassato dal testamento, a quanto mi hanno detto».

«Ma quali invisibili, avvocato?»

«Le due vecchiette. Morti che non destano sospetti, di cui nessuno si accorge».

«Ma perché, secondo lei le hanno uccise?»

«Ah, non lo so. Però ai loro eredi il decesso ha fatto comodo. E, coincidenza, la seconda morta si era convinta che la prima fosse stata ammazzata, e lo andava dicendo in giro. E poi, altra coincidenza, avevano tutte e due lo stesso medico di base e quello è stato a casa di entrambe nel giorno delle rispettive scomparse. Aggiungi, ultima casualità, che la ex badante della Rampazzo muore a sua volta e lei di sicuro ammazzata».

Gaetano fece una smorfia manifestando scetticismo.

«Mah, avvocato, la cosa della badante polacca mi pare che non c'entra niente».

Mi sfilai gli occhiali e premetti con pollice e indice alla base del naso. Non c'entrava niente la povera Zofia Kowalska? Era davvero così? C'era un pensiero che avevo ruminato in quegli ultimi giorni. Era solo un'ipotesi ma non era del tutto inverosimile. E se Nino, la badante di Enza Caruso, avesse raccontato lei dei dubbi della sua signora alla collega Zofia? Magari negli anni erano diventate amiche, avevano avuto di sicuro diverse occasioni di vedersi. La georgiana mi era sembrata reticente quando le avevo chiesto se avesse parlato con qualcuno dei sospetti della signora Enza. E se fosse stato quello il filo che legava Zofia a quelle due morti improvvise?

Tenni per me quei pensieri e chiesi a Gaetano se ci fosse dell'altro. Non che ci sperassi, aveva già trovato tante informazioni, nei giorni di Natale per giunta, quell'uomo era una miniera d'oro. Ma il mio ottimo segugio seppe ancora una volta stupirmi.

«Veramente un'altra cosa c'è, avvocato. Ma bene bene non la so ancora».

«E vuoi dirmela senza *bene bene* o ne riparliamo un'altra volta?»

«Ce la posso dire così come l'ho saputa. Ma lei la deve prendere, come si dice, con il beneficio dell'inventario».

«*Di* inventario».

«Eh, e io che ho detto? Perché è una storia delicata assai».

«Una storia di che?»

«Di abusi su una ragazzina, avvocato».

20

Rosalia D'Amico in Rampazzo, detta Lilla, e Vincenza Guccione in Caruso, detta Enza, avevano in effetti lavorato insieme. I fatti risalivano alla notte dei tempi, gli anni Ottanta del secolo scorso, fino a un pezzo dei Novanta. La Rampazzo era presidente di una sorta di ente benefico, che si occupava tra l'altro di giovani disagiati e ragazze madri in un quartiere popolare di Palermo, con un piccolo ambulatorio. Enza Caruso era una sorta di suo braccio destro. Quanto Gaetano aveva appreso, fin lì coincideva grosso modo col poco che anch'io sapevo, per come mi era stato riferito da Nino Kapanadze. Gaetano, curiosando, vai a sapere con chi, non conosco nessun essere umano tanto geloso dei suoi misteri, aveva carpito una voce, di quelle sepolte sotto la coltre del tempo. In quel centro, gli avevano riferito, vi era stato uno scandalo, una vicenda di presunti abusi sessuali su una minorenne, insabbiata con rapidità, che precedette di poco la chiusura di quella bella esperienza filantropica.

Il buon vecchio Gaetano non aveva avuto il tempo di scavare. Mi ero complimentato comunque e lo avevo invitato a proseguire con la sua ricerca. Ma allo stesso tempo, avevo pensato di chiedere una mano a qualcuno che forse poteva essere utile in quell'impresa.

«Dica», aveva risposto mio fratello al telefono.

«Ti disturbo? Stai lavorando?»

«Non usiamo parole grosse. Sono al giornale».

«E il bambino?»

«Dall'amico mio Marcello Mancuso. Lo sai, ha un *picciriddo* della sua età, sono amichetti, se li sta tenendo quella santa di sua moglie. Tanto io tra un'oretta esco da qui e me lo vado a prendere».

«Ah, ho capito».

«Bambino, mi hai chiamato per testare le mie prestazioni di genitore affidatario o ti serve qualcosa? Cos'è, vuoi organizzare il veglione di Capodanno?»

«No».

«Meno male, conoscendoti ti addormenterai prima della mezzanotte».

«Ti ricordi che ti ho detto che le due vecchiette avevano lavorato insieme?»

«Sì, in un non meglio identificato centro per ragazzi. Hai scoperto se era un parco giochi o un Sert per tossicodipendenti?»

«Nessuno dei due. Era un ente benefico. Si occupava di giovani a rischio, ragazze madri e cose del genere».

«Dove?»

«Alla Kalsa, credo. O da qualche altra parte nel centro storico. Quello di allora, prima che ci andassero ad abitare anche i ricchi».

«E da me che vuoi?».

Gli dissi della voce raccolta da Gaetano.

«Ah però», commentò lui interessato.

«Secondo te negli archivi del giornale si può trovare qualcosa?»

«Sì, certo. Senza sapere in che anno è successo, come si chiamavano le persone coinvolte e senza conoscere il nome del famoso ente di beneficenza ci sono buone probabilità che te lo trovi. Per il Capodanno del 2100, magari. Ma se hai altre incombenze da affidarmi dimmi pure».

«Sei un cabarettista mancato, complimenti. Non fare il cretino, il nome lo sai, Rampazzo».

«Dici che la cosa fu insabbiata. E secondo te il primo elemento a essere nascosto sui giornali non sarà stato quello della ricca signora consorte del potente pezzo grosso del Banco di Sicilia?»

«Non lo so, è possibile. A quanto mi ha detto Gaetano, i fatti dovrebbero risalire ai primi anni Novanta. Una vita fa...».

Fabrizio tacque.

«Mi stai ascoltando?», feci contrariato.

«*Una vita fa*, hai detto».

«Sì».

«E hai detto che c'era un ambulatorio?»

«Così dice Gaetano. Perché?»

«Ho una mezza idea, poi ti dico», rispose lui sbrigativo.

Non feci in tempo a rispondergli che aveva già chiuso.

La mattina del 30 dicembre, con poche speranze di trovare qualcuno, mi avventurai in procura con sottobraccio l'istanza di Virginia Guccione. Contro ogni pronostico, il fato mi fece quasi andare a sbattere su Maddalena Ferranti, la sostituta che seguiva il caso di Zofia Kowalska. Era una quarantenne dal viso gioviale, lisci capelli castano chiaro, una parlantina sciolta e una non comune preparazione giuridica.

Romana, notoriamente lesbica, discretamente garantista, solo una volta l'avevo incrociata in aula ed era stata davvero un osso duro: aveva ottenuto una condanna pesante, e in tutta onestà meritata, per il mio cliente, un balordo che aveva menato un diciassettenne scatenando una rissa tra giovinastri avvinazzati in un pub del centro. In compenso, in un'altra indagine che la Ferranti aveva coordinato, una storiaccia di rapine e ricettazioni, nel mucchio degli indagati era finito anche un mio assistito, su cui si erano fissati certi carabinieri zelanti senza un solido appiglio. In quella circostanza avevo apprezzato come la pm avesse chiesto lei stessa l'archiviazione per quello e per altri due indagati, tutti accusati di ruoli marginali nella vicenda, avendo compreso che in un processo sarebbero usciti con ogni probabilità assolti, vista l'assoluta evanescenza degli indizi a loro carico. E quella di evitare di chiedere processi che si sa già non si possono vincere è una virtù non troppo diffusa tra i pubblici ministeri, diciamo.

I colleghi magistrati più manettari non la tenevano in grande considerazione e avevo sentito a Palazzo qualche mormorio velenoso proprio sulla vicenda della polacca ammazzata, delitto rimasto fino ad allora impunito: qualcuno sosteneva anche per l'eccessiva prudenza della magistrata romana. Malignità indegne a mio parere, visto anche che l'aggiunto che sovrintendeva all'inchiesta al suo fianco era Michele Ruggiero, un fan del *più galera per tutti*: aveva arrestato più gente lui che venti *bounty killer* del Vecchio West, includendo nel computo Christoph Waltz in *Django*.

«Buongiorno dottoressa», dissi incrociandola.

«Avvocato Corsaro, buon anno».

Si ricordava il mio nome. Aveva anche ottima memoria.

«Niente vacanze?», feci cordiale.

Lei fece spallucce e rispose con la sua cadenza romana.

«Già fatte, solo una manciata di giorni natalizi. Troppo lavoro».

«Mi spiace ma forse io gliene devo portare di nuovo».

«In che senso?», domandò con un sorrisetto incuriosito.

Le porsi la sottile carpetta azzurra che conteneva l'istanza della mia giovanissima cliente.

«Sto andando a depositarla e credo che finirà sulla sua scrivania».

«Cosa? Perché proprio sulla mia scrivania?».

Mi squadrò intrigata con quei suoi occhi vivaci d'un nocciola chiaro. Solo allora, molto da vicino, notai una piccola voglia caffè latte sulla sua tempia.

«Per via della contiguità con l'indagine sul delitto Kowalska», risposi.

Ferranti sollevò un sopracciglio, tirò fuori il documento dalla carpetta e gli diede una rapida scorsa con uno sguardo concentrato.

Poi mi fissò negli occhi, serissima. E il suo romanesco venne fuori al naturale.

«Avvocato, *stamo a parlà de mitomani*?»

«No, dottoressa, non credo».

Ferranti annuì pensierosa e mi restituì la carpetta.

Sapevo bene che mi stavo giocando un bel po' di credibilità quella mattina. Una merce che si guadagna a gocce ma si perde a litri, diceva quello.

21
Racconto di Fabrizio Corsaro

L'archivio digitale del mio giornale ha più di una falla. Soprattutto se provi a cercare pezzi che risalgono al secolo scorso. Gli scarsissimi indizi che mi aveva dato mio fratello, poi, rendevano l'impresa assolutamente proibitiva. Tentai con "Rampazzo" ma trovai solo articoli che riguardavano il defunto potente del Banco di Sicilia, un vero pezzo grosso nel suo momento più fulgido, come appresi leggiucchiando qualche articolo d'epoca. Mi giocai qualche altra carta senza successo, anche un asso nella manica che mi era venuto in mente parlando con mio fratello, ma niente. Era davvero come cercare un ago in un pagliaio.

Mentre mi avvilivo senza ottenere risultati, Giulia ricomparve. Era uscita per l'intervista di fine anno al sindaco. Tornò trafelata, imbacuccata come se venisse dalla Siberia, quando fuori c'erano una dozzina di gradi e neanche troppa umidità.

«Ho fatto tardissimo, quel disgraziato si è presentato con mezz'ora di ritardo».

«Rilassati, stella, guarda che il pezzo va domani su dopodomani. L'ho sentito dire a Bosco mentre non c'eri. Esce il 31».

«Che bastardo, poteva dirlo anche a me. Sono tornata di corsa con l'ansia. Ora mi sente quel maledetto».

«Aspetta, prima di andare a fare la pasionaria vieni qua, che mi servi».

«Non ti ci mettere pure tu, Corsaro», fece lei con una smorfia bambinesca delle sue.

«Piccioncini, andate fuori a pomiciare, che qua dobbiamo lavorare», sghignazzò Valentina Vullo, che passava davanti a noi in quel momento, con il suo incedere ancheggiante che aveva fatto rimbambire nei suoi anni d'oro schiere di giornalisti, fattorini, grafici e tipografi.

«Ti serve un *vaffanculo*, Vale? Ce ne ho uno che mi avanza», le rispose Giulia.

«Vieni o no?», le dissi, mentre Valentina ridendosela si allontanava diretta verso la stanza del caporedattore.

Giulia si avvicinò alla mia scrivania.

«Che vuoi da me?»

«Un sacco di cose, avendo il tempo. Ma nell'immediato mi serve un'informazione».

«Quanto me la paghi?», chiese ammiccante sedendosi sulla mia scrivania.

«Posso arrivare a una cena in trattoria, sono un ragazzo padre non abbiente».

«Andata», rispose lei.

«Tu che sai tutto della Rampazzo family: ti risulta qualcosa di uno scandalo sessuale risalente a… diciamo trent'anni fa?»

«Io trent'anni fa ero una bimba, caro mio. Non avevo l'età per il sesso».

«Sii seria, ne sai qualcosa?»

«No, mi dispiace», fece spallucce lei.

«Domanda di riserva: la signora Rampazzo era presidente di un ente benefico, questo ti risulta? Sai come si chiamava?»

«Sapevo qualcosa del genere… Il nome non lo conosco, però…».

«Però?»

«Posso chiederlo».

«Ma senza fare troppo *scruscio*». Cioè rumore. Insomma, con discrezione.

«Aspetta».

Afferrò il cellulare.

«Eccola, quella sempre su Whatsapp sta, tanto non ha un cavolo da fare».

Digitò una domanda. Pochi secondi dopo ottenne risposta.

«La Margherita», mi riferì.

«Parlavi con la ex signora Guccione?»

«Sì, lo vedi che sei intelligente. È che non ti applichi».

Si alzò e mi voltò le spalle. Mi ritrovai a fissarle il sedere dopo non so quanti anni. Sembrava stare ancora molto bene.

Valentina, di ritorno verso la sua scrivania, lo notò. E accennò una canzone a me ignota che faceva *il primo amore non si scorda mai*. Non escludo che se la stesse inventando di sana pianta, tremenda per com'era.

«Ma tu sempre da qua devi passare?», le dissi, prima di ricominciare la mia ricerca.

"La Margherita" non era un indizio molto pratico per una ricerca testuale in archivio. Venivano fuori tonnellate di articoli sul partito politico di Rutelli, anche inserendo una doppia chiave con "Palermo": congressi provinciali, dichiarazioni dei segretari cittadini, un casino. Associando invece la parola al cognome Rampazzo, trovai solo un articolo, in cui si accennava in effetti alle attività dell'ambulatorio alla Kalsa. E fu lì che tornò ad accendersi la lampadina dell'intuizione che avevo avuto parlando con Roberto. Un ambulatorio aveva bisogno di medici. Mi ricordavo bene la voce di Alessandra Rampazzo che parlando del dottore Realmonte diceva che conosceva sua madre "da una vita". E così provai la chiave "Margherita & Realmonte". E venne fuori un titolo.

«Bingo!», esclamai a bassa voce.

C'era un articolo che raccontava di un'indagine su un presunto caso di abusi sessuali su una giovane di diciassette anni. La vicenda aveva scosso il centro La Margherita che operava alla Kalsa e che era stato perquisito dai carabinieri. C'era un riserbo assoluto sui nomi della vittima e dell'accusato, roba insolita per i tempi, si era nell'anno di grazia 1992. L'autore dell'articolo riferiva che i vertici dell'associazione benefica non avevano inteso commentare, attendendo fiduciosi l'esito delle indagini. Il cronista, però, come si usava all'epoca, era andato sul posto. E lì aveva raccolto un paio di scarne dichiarazioni da due medici volontari: tale Agata Natalè, che si era detta addolorata per la vicenda, e, eccolo là, il dottor Manlio Realmonte, che si era trincerato dietro un diplomatico "no comment".

Avevo finalmente un buon punto di partenza. Andai nell'archivio cartaceo e cominciai a sfogliare i giornali dei giorni successivi. Era il marzo del 1992, non c'era stata ancora la strage di Capaci ma avevano fatto fuori Salvo Lima. Clinton scaldava i motori per sfidare Bush e nella Jugoslavia del tempo la situazione si andava complicando. Sfogliai ma stranamente non trovai nessun seguito. Eppure, una storia di abusi era qualcosa di notevole per la cronaca. Sì, quel silenzio era strano e faceva pensare a una manina potente che avesse messo a tacere tutto. Continuai a sfogliare la collezione: ad aprile il Quadripartito vinceva le sue ultime elezioni ma la Lega volava. Si parlava già di inchieste e scandali ma il peggio di Tangentopoli doveva ancora arrivare. Cossiga si preparava a lasciare il Quirinale. Della Margherita e degli abusi non si faceva più nessun accenno. Fino a metà maggio. Mentre l'Italia guardava a Roma, aspettando di conoscere il nome del nuovo Presidente della Repubblica, a Palermo, una manciata di giorni prima di quel maledetto sabato in cui i mafiosi avrebbero fatto esplodere l'autostrada facendo strage, un articoletto in cronaca dava notizia della chiusura dell'indagine sul presunto caso di abusi al centro La Margherita. Non c'era stato nessun abuso, la denuncia era stata ritirata, l'inchiesta andava verso l'archiviazione.

«E bravi...», dissi sottovoce nello stanzino della consultazione dei giornali. E fu allora che avvertii una mano posarsi sulla mia spalla e trasalii preso dallo spavento. Mi voltai, era Giulia.

«Scusa, non volevo...».

Espirai.

«Tranquilla, non ti avevo sentito».

«Hai trovato quello che cercavi?»

«Sì. E mi sa che devo andare dal medico».

«Ti stai buttando malato per non invitarmi a cena?».

Eravamo così vicini, uno di fronte all'altra. Mi sembrò davvero di viaggiare indietro nel tempo. Ci fu qualche secondo di silenzio. Poi, quando lei stava per aprire bocca, la vibrazione del mio cellulare poggiato sulla mensola accanto al giornale provocò uno stridore cacofonico. Giulia istintivamente buttò un occhio.

«È tua madre. Rispondile, per favore».

Almeno stavolta non era Laura, pensai sollevato mentre afferravo il maledetto cellulare, scocciatissimo. Mamma, capricciosa come mai, diceva di non poterne più di avere un'estranea in casa. Sospirai e voltandomi vidi che Giulia intanto era già andata via.

Non ci provai nemmeno a chiamare Stefano Rampazzo, tanto quello non mi avrebbe risposto come sempre. Provai con la sorella. E al secondo tentativo ebbi risposta. Alessandra Rampazzo con il suo consueto tono infastidito tenne a farmi sapere da subito che era molto impegnata col lavoro e che non aveva molto tempo.

«Volevo solo sapere qualcosa da lei a proposito della storia della Margherita, l'associazione di sua madre».

«Perché?», chiese lei.

Era la risposta giusta, andava dritta al punto e mi costringeva a svelare subito le mie carte. La signora sapeva il fatto suo, dovevo ammetterlo.

«Perché ho letto di alcune cose poco piacevoli al riguardo».

«Lei sta parlando di eventi ormai dimenticati, che risalgono a una vita fa, quando ero praticamente una bambina. Quello che posso dirle è che quell'associazione ha fatto del bene a centinaia di persone e che mia madre ed Enza Caruso le hanno dedicato tantissimo impegno».

«E perché chiuse i battenti?»

«Perché mia madre ebbe un problema di salute e non poté più seguirla. E pochi mesi dopo si ammalò gravemente il marito di Enza e anche lei dovette mollare».

«Quindi non perché vi fu uno scandalo sessuale?».

Alessandra non esitò, mantenendo il suo aplomb.

«Guardi, come le ho detto, quella è una vecchia storia. Finì nel nulla. Come un sacco di cose che servono solo ad alimentare maldicenze. E a ogni modo, io ne so molto poco. Quindi, se non le dispiace...».

No, non mi dispiaceva. C'era qualcun altro a cui volevo chiedere di quella storia. E all'epoca lui non era un bambino.

22

Tra festività e domeniche e altri impegni – inclusa una capatina in carcere per portare Nico a vedere sua madre – solo il 3 gennaio mi fu possibile andare a far visita al dottor Realmonte. Gli tesi un'imboscata aspettandolo sotto lo studio medico. Quando mi vide davanti al portone, trasalì. Era avvolto in un giubbotto pesante, con tanto di sciarpa, anche se non mi pareva facesse così freddo quella mattina.

Il medico non si scompose e mantenne quella sua aria gioviale.

«Ancora lei?»

«Mi perdoni l'improvvisata, ma avevo urgenza di parlarle».

«Avrò già tre o quattro persone in sala d'aspetto, non me ne voglia».

«Sarò breve».

«Davvero, mi chiami più tardi magari», insistette Realmonte.

«La Margherita. Il caso degli abusi sessuali. Anno 1992».

Sparai come un kalashnikov. E lo colpii in pieno.

Barcollò come un pugile suonato.

«Che c'entra?»

«Me lo dica lei se c'entra».

«È una storia vecchia, morta e sepolta».

«Sì, che fu sepolta lo so».

«E cos'altro sa?»

«Tutto, più o meno», mentii.

«Non ho mai toccato quella ragazza se non per visitarla», fece lui paonazzo in volto.

Ah, però. Il bluff era riuscito. Dovrei smettere di lavorare e giocare più spesso a poker, mi dissi soddisfatto.

La conversazione con il dottore Realmonte si era interrotta lì. Il medico, agitatissimo, mi aveva mandato a quel paese ed era salito allo studio.

Chiamai subito Roberto.

Squillava e squillava. Ma l'impiastro non rispondeva. Stavo per levarci mano, come diciamo noi siculi quando smettiamo di fare qualcosa, ma insperatamente al sesto trillo la mummia rispose.

«Che c'è?».

E figurati se a quello scappa mai un saluto.

«Buongiorno», dissi.

«Non posso parlare, che vuoi?».

Gli riesce così naturale esse simpatico come una visita alla prostata.

«Perché non puoi parlare? Che minchia stai facendo?»

«Sono alla cassa, è quasi il mio turno».

«Alla cassa di che?»

«Sto comprando il latte. Per fare lo yogurt».

Roba da andare all'anagrafe, al municipio, anche al limite dal Presidente della Repubblica con una supplica per chiedere di ripudiarlo come consanguineo.

«Ma che significa che *ti fai* lo yogurt? Ma perché non te lo compri come tutte le persone normali?»

«Si chiama *kefir*. È una cosa mezza turca, l'ha imposta Monica. Dice che fa bene alla flora intestinale, qualcosa del genere. Non ti ci mettere pure tu».

«Era proprio Realmonte la persona accusata di abusi sessuali. Hai capito?»

«Ah, questa è notevole».

«Vabbè, quando hai finito di trattare i tuoi affari di fondamentale importanza chiamami. O devi andare a pescare merluzzi per farti i bastoncini di pesce?»

«*Va caca*, Fabrì», bisbigliò cercando di non farsi sentire dalla cassiera.

Mi avviai verso la moto e il telefonò squillò. Pensai fosse la salma che richiamava. Invece si trattava di una telefonata inaspettata. Lessi sullo schermo il nome di Kasia Nowak.

«Pronto».

«Dottore Corsaro, buongiorno».

«Buongiorno, come sta?»

«Scusi. Non posso parlare molto adesso. Ma ho bisogno di vederla».

«Che succede?»

«C'è una cosa che non le ho detto. Forse non dovrei, ma ho bisogno di parlarne con qualcuno».

«Oggi pomeriggio?»

«No. Domani mattina lei può?»

«Sì, certo».

«Ma non dove ci siamo visti. Facciamo in centro. Piazzale Ungheria, sotto al grattacielo, va bene? Alle dieci?»

«Va bene, va bene, vuole dirmi di cosa si tratta?»

«Domani, grazie. Arrivederci».

L'angoscia nella sua voce si tagliava a fette e mi mise i brividi.

Nel pomeriggio ci fu la festa di compleanno di Amira, la figlia di Laura Scelsi. Un pandemonio con una ventina di bambini scatenati che avrebbe mandato al manicomio pure Maria Montessori. Laura, in uno dei rari momenti di calma, si era avvicinata a me. Il suo buon profumo mi investì, insieme al suo sguardo dolce ed empatico.

«Si può sapere che hai?»
«Perché? Niente, non ho niente».
«Non mi sembri più lo stesso da un po'».
Era una frase molto diretta, non da lei. Pensai che per tirarla fuori in quel modo, dovesse avere davvero a cuore l'argomento.
«Scusami, magari ho troppi pensieri per la testa. Il bambino, mia madre...».
Forse la verità è che quando campi per una vita facendo la merda, una certa tendenza a mentire e sgusciare ti resta sempre. È triste, non mi fa onore, anzi, mi fa sentire proprio male, ma è così. In realtà, in quel momento, ero io ad avere in testa la citazione giusta di Mogol e Battisti, una delle mie preferite.
Le sorrido, abbasso gli occhi e penso a te.
Mi stava succedendo. E non potevo farci niente.
Due marmocchi rumorosi vennero a tirare la gonna a Laura reclamando altra Coca Cola. Lei si allontanò cupa.
Sgranocchiando porcherie notai Nico solo in un angolo con un'aria strana. Mi avvicinai a lui.
«Ehi, tutto bene?»
«Ho un po' di mal di pancia».
«Troppe schifezze, non mangiare più niente».
«Va bene», rispose lui tenerissimo.
Lo tenni d'occhio e capii che non gli passava. Allora gli toccai la fronte come faceva mamma con noi da piccoli. Mi sembrò calda. Chiesi a Laura un termometro: trentotto e due. Il mio bambino s'era preso una bella influenza di stagione. Ce ne andammo via prima, dopo avergli dato del paracetamolo e lo misi a letto. Solo dopo le undici di sera mi ricordai allora del mio impegno dell'indomani mattina con Kasia Nowak. E le inviai un messaggio al telefono.

Mi scusi per l'orario, ho un problema familiare. Dobbiamo rimandare, domani non posso.
Non ricevetti risposta.

Trascorsi una notte complicata, con Nico che si agitava in un bagno di sudore e nel sonno chiamava ripetutamente la mamma. Era un'immagine che mi spappolava il cuore, ma cercai di farmi forza e dargli l'aiuto che potevo. L'indomani mattina mi alzai dal letto, molto tardi, più stanco di come mi ero coricato. La fronte del bambino era fresca. Mi sentii sollevato e mi infilai nella doccia, col proposito di trascorrere la giornata a non fare nulla.

Dopo un po' di ozio e una colazione frugale mi misi a leggere *Gli indifferenti* di Moravia sgranocchiando beato taralli sulla mia adorata poltrona-pensatoio regalo di mamma. Contavo di lasciar dormire Nico a oltranza, dopo la nottataccia e di finirmi il libro in santa pace. Mi stava piacendo molto, era una storia laida in cui mi sembrava di trovare tanta umanità e tanta verità. Mi ero fermato per una piccola pausa, riflettendo su come quand'ero ragazzino, Moravia fosse considerato lo scrittore per antonomasia e come invece, dopo la sua morte, per una maledizione che accomunava la quasi totalità dei romanzieri italiani tranne quattro o cinque in tutto, lo si fosse completamente dimenticato. Non è un Paese per morti, avrebbe detto il buon Cormac.

Mi alzai per sgranchirmi le gambe e andare a buttare un occhio a Nico che riposava e il cellulare interruppe quel tripudio di pace. Era Pippo Nocera. Saltai il *pronto*.

«Pippo, secondo te perché in Italia non si leggono più gli scrittori morti?»

«In Italia non si leggono manco i vivi, Corsaro».

«È un argomento notevole».

«Devo dirti una cosa».
«Spero sia importante visto che stai disturbando il mio giorno di riposo», gli risposi scherzando.
«Mi sa che lo è».
«Spara».
«La coinquilina della polacca ammazzata».
«Kasia Nowak. Dovevo vederla oggi, ho dovuto rinviare».
«Mi sa che non potrai recuperare».
«Perché? L'hanno arrestata?»
«No. L'hanno ammazzata, Fabrizio. Stanotte».

Parte terza
Verità

You and me, chasing paper
Getting nowhere
On our way back home

Two of Us
The Beatles, 1970

23
Racconto di Fabrizio Corsaro

Kasia Nowak aveva fatto una fine assai simile a quella della sua coinquilina. A differenza di Zofia Kowalska, però, s'era risparmiata i giorni di agonia, morendo quasi subito. Aveva segni di percosse ma era morta soffocata come appurò giorni dopo l'autopsia.

L'inquilino del piano di sopra, un vedovo settantenne dal sonno pesante e dall'udito non sopraffino, si era svegliato nel cuore della notte tale era il baccano che proveniva dall'appartamento sottostante. Aveva impiegato un po' di tempo per mettere a fuoco la situazione, lento di riflessi com'era, ma infine, quando già i rumori erano cessati, aveva inforcato le ciabatte, le *tappine* disse lui in dialetto ai poliziotti, e s'era messo una vestaglia, scendendo giù. Lì aveva trovato la porta di casa socchiusa. Aveva bussato, scampanellato, senza risposta. S'era fatto coraggio ed era entrato chiedendo permesso. Il corpo esanime della polacca si era presentato a quel punto alla sua vista. Il vicino, tale Girolamo Campisi, pensionato delle ferrovie ed ex sindacalista rosso, era quasi svenuto. Era deboluccio di cuore e solo per miracolo i poliziotti non avevano trovato in quella casa due cadaveri anziché uno.

Io e Pippo Nocera ci sforzammo di ricordare un caso in cui nella stessa abitazione a distanza di settimane fossero state uccise due persone e non ne trovammo nella nostra memoria. Il delitto era mediaticamente molto ghiotto, calarono immediatamente inviati nazionali, le opinioniste apparvero agguerrite in TV a predicare su patriarcato e dintorni: il grande circo, insomma, ebbe inizio. La polizia però non si fece distrarre dalle luci della ribalta e puntò a colpo sicuro in una direzione.

Marek Watroba, il polaccone arcigno, ufficialmente amico o cugino o congiunto o chissà che di Kasia, venne portato in questura quella sera stessa, dopo che i poliziotti ebbero raccolto alcune testimonianze che riferivano dello stretto legame tra la vittima e l'uomo. Il gigante dell'Est venne messo sotto torchio da Barresi e Carolina Morgano, insieme al pubblico ministero Maddalena Ferranti, ma fu un osso duro. Negava di essere stato lì e di aver fatto del male a Kasia. La sua donna? No, solo una conoscente, con cui aveva buoni rapporti tra connazionali. Poi, molto silenzio e tanti non ricordo. Sulla scena del delitto, però, c'era una certa abbondanza di materiale trovato dalla Scientifica. E gli esami, erano certi alla polizia, avrebbero incastrato il polacco, che non aveva fornito un alibi convincente. Il signor Campisi del primo piano, peraltro, raccontò di averlo notato più volte andare e venire dalla palazzina la sera tardi o di primissima mattina, corroborando negli inquirenti il convincimento che tra Marek e la sventurata Kasia vi fosse un rapporto che andava oltre la semplice amicizia. Seppure nessuno prudentemente si sbilanciasse, la sensazione degli investigatori era quella di avere chiuso in un colpo solo due casi di omicidio, visto che anche per il delitto di Zofia Kowalska, Marek era stato considerato tra i papabili sospettati.

Provai a chiamare sia Barresi sia Carolina quel giorno, più volte, ma senza risposta. E così, in serata, quando Watroba era già a rosolare, andai direttamente in questura. Mi lasciarono fare non so quanta anticamera, ma chi la dura la vince, e alla fine, Carolina Morgano, molto stanca, apparve al mio cospetto.

«Ma che cavolo ci fai qua? Chi ti ha fatto entrare?»

«Ho spiegato ai tuoi colleghi che non voglio chiedervi notizie, voglio darvene io. Sono a conoscenza di cose che possono essere utili all'indagine».

«Ma di che minchia stai parlando, Fabrizio?»

«Non mi piacciono le ragazze sboccate, Carolina. Non è da te questo linguaggio triviale».

La poliziotta si lasciò andare su una sedia, esausta. Si muoveva come un pistolero di un film di Sergio Leone.

«Senti, non è giornata, si può sapere che diavolo vuoi?»

«Avete trovato il cellulare della vittima?»

«Non si era detto che non volevi chiedere notizie ma darne? Senti, vatti a buscare il pane da un'altra parte, qua abbiamo da lavorare».

«Te l'ho chiesto perché di sicuro non lo avete trovato. Altrimenti mi avresti già chiamato».

Carolina sollevò un sopracciglio. Era proprio Clint Eastwood in uno di quei primi piani leggendari. Ci mancava solo la musica di Morricone.

«Perché?»

«Perché stamattina avrei dovuto vedere Kasia Nowak. Mi ha telefonato ieri, abbastanza angosciata. C'era qualcosa che non aveva raccontato a proposito della morte della sua amica Zofia e che voleva parlarmi. Avevamo appuntamento in centro, ha precisato di non volermi incontrare nella zona in cui abita, forse non voleva rischiare di essere vista. Ma ieri sera il mio bambino è stato male e ho dovuto annullare».

«Come hai annullato? L'hai chiamata? A che ora?»

«No, non ho chiamato. Le ho scritto un messaggio su Whatsapp».

«A che ora?», incalzò lei.

Tirai fuori il cellulare. Aprii l'app e mostrai lo schermo a Carolina.

«Erano le 23:15».
«C'è la spunta blu. Lei ha letto».
«Guarda, la spunta blu è apparsa dopo. Quando le ho scritto, non aveva letto. Mi sono addormentato sperando che lo leggesse magari di mattina, perché fino a mezzanotte c'era solo la spunta di consegna. Come vedi non ha risposto, non c'è un "ok" o qualcosa del genere. A me sembra strano».
«Di cosa voleva parlarti?»
«E che ne so, mica sono un indovino. Magari voleva dirmi qualcosa sul gentiluomo che avete di là».
«Che ne sai tu di chi c'è di là?»
«Quello che può sapere uno che fa il cronista di nera a Palermo da duemila anni».
Carolina sbuffò e fissò il pavimento.
«Watroba si chiama», disse.
«È stato lui?»
«Può essere. Ancora non lo sappiamo».
«Lo avete fermato?»
«Non ancora ma... Ehi, vaffanculo, abbiamo detto niente domande».
«Va bene, va bene. Ma te l'ho detto, non sta bene che una signorina dica le parolacce».
«Signorina non si dice più, bestia».
Mi alzai e feci per togliere il disturbo.
«E ora dove credi di andare?», mi fermò lei con la classica posa da duro.
«A casa, se tu e la polizia di Stato permettete».
«Nemmeno per idea. Tu resti qua e adesso racconti al magistrato quello che mi hai appena detto. Non ti muovere, capito?».
Annuii rassegnato pensando che sarebbe stata una serata lunga.
E lo fu.
Rimasi a fare la muffa per ore, dovetti chiedere al mio

amico Maurizio di tenere Nico da lui a dormire, saltai la cena e finalmente quando stavo per addormentarmi su quella sedia *schifiata*, fui ammesso al cospetto della dottoressa Ferranti. La magistrata romana per prima cosa mi domandò, fuori verbale, se per caso fossi parente dell'avvocato Corsaro. Lo ammisi con una certa sofferenza. E poi raccontai a lei quello che avevo detto a Carolina. Mi chiesero come avessi conosciuto Kasia, se avessi mai incontrato Marek, insomma, mi bombardarono di domande, facendomi tornare con la memoria alla mia tragica esperienza da indagato. Alla fine, dopo che ebbi firmato il mio verbale, la pm mi concesse una chiacchierata informale.

«Non possiamo escludere che il suo messaggio sia stato la causa scatenante della violenza».

Era un'idea che mi aveva sfiorato e che avevo cacciato via, come tutte le cose che possono riaccendere il mio senso di colpa da depresso recidivo.

«Lei dice che...».

Carolina si inserì.

«Magari lui ha letto il cellulare di lei. Ed è nata una lite. Succede. Ma è solo un'ipotesi».

Presi un respiro profondo e tacqui. Il senso di colpa mi aveva subito preso in ostaggio.

24
Racconto di Roberto Corsaro

Marek Watroba venne fermato per l'omicidio di Kasia Nowak il giorno dell'Epifania, poco più di quarantott'ore dopo il ritrovamento del cadavere. Un testimone raccontò di aver visto un uomo di corporatura robusta che si allontanava correndo dall'appartamento di Kasia. Le sue impronte tappezzavano la scena del delitto. Il telefono della vittima non venne rinvenuto. L'esame dello smartphone del polacco confermò che i suoi rapporti con la connazionale andavano ben oltre la cordiale conoscenza. I due erano, o meglio erano stati, amanti. Marek infatti non era libero, aveva una giovane moglie in Polonia. Il legame con Kasia, a quanto si evinceva dalle chat del telefono vagliate dalla traduttrice incaricata dalla procura, aveva subito una interruzione qualche mese prima ma l'uomo stava tentando di rifarsi sotto, con parziale successo.

Watroba negava ogni addebito, gli era stato dato un avvocato d'ufficio, un incapace colossale che avrebbe fatto condannare il suo cliente anche se accusato dell'omicidio di Giulio Cesare, ed era stato chiuso all'Ucciardone. Non gli era stato ancora formalmente contestato anche l'omicidio di Zofia Kowalska, ma c'erano alcuni indizi che facevano pensare che il polacco avesse ammazzato pure lei. Già all'inizio dell'inchiesta era stato uno dei sospettati, ma un alibi che era apparso robusto lo aveva fatto scagionare. Inoltre, dettaglio che non era mai stato reso noto alla stampa, sul davanzale della finestra del retro da cui verosimilmente era scappato via il carnefice di Zofia, era stata ritrovata una parziale impronta di scarpa, e il numero non corrispondeva a quello di Watroba, che portava il 46, praticamente delle scialuppe di salvataggio.

Avevo appreso tutto questo leggendo i giornali. E gli sviluppi dell'inchiesta mi avevano fatto immaginare che la mia richiesta per conto di Virginia Guccione avrebbe avuto meno chance di essere accolta. Ferranti e la Omicidi ormai avevano intrapreso una pista ben precisa e le farneticazioni della buonanima della signora Caruso non sembravano entrarci molto.

La mattina del 9 gennaio, con una coltre plumbea di nubi a soffocare il cielo di Palermo, andai in tribunale per un'udienza. C'era la requisitoria di un processo per reati contro la pubblica amministrazione. Il pm si produsse in un sermone moralista traboccante di giudizi personali sugli imputati manco fosse stato Savonarola in persona, interpretando alla perfezione il ruolo di giustiziere e custode dell'etica pubblica che da qualche decade certa magistratura requirente nel nostro sventurato Paese ha deciso di assegnarsi, con la complicità dei suoi aedi giornalisti, dimenticando che la Costituzione e la legge attribuirebbero ben altri compiti alle toghe. Mi sorbii tutto il lungo soliloquio del magistrato, un belloccio capellone sulla quarantina scarsa a cui la sua collega presidente, una stagionata giudice con le labbra rifatte a canotto, guardava con aria sognante. La requisitoria durò tanto che per le arringhe di difesa si decise un aggiornamento. Ne uscii con l'orticaria e puntai la cancelleria per andare a ritirare le carte sull'archiviazione di un mio cliente, che s'era fatto due settimane di domiciliari, venendo poi archiviato senza neanche arrivare al processo. E fu allora che incrociai la dottoressa Ferranti.

Fu la stessa magistrata romana a fermarmi.

«Avvocato, buongiorno».
Era gentile e garbata come sempre e dopo l'udienza che mi ero sorbito avrei voluto prenderla, clonarla e farne una decina di copie per ripopolare la procura.
«Buongiorno dottoressa».
«Ho conosciuto suo fratello».
«Ogni famiglia ha la sua pecora nera, lo sa», scherzai.
«Non lo dica a me, che ho un fratello laziale», se la rise.
«Immagino».
«Ho delle notizie per lei», disse. Mi preparai a incassare l'atteso due di picche.
«Mi dica».
«Dopo la sua denuncia ho aperto un fascicolo modello 45».
Cioè un fascicolo senza indagati e senza ipotesi di reato. Un atto dovuto, ma che spesso finisce nel nulla, per archiviare non bisogna neanche passare dal giudice.
«Sì», telegrafai, attendendo il resto.
«Ho deciso di farlo diventare un modello 44».
Cioè un'indagine a carico di ignoti ma per un reato specifico. Era tutta un'altra cosa.
«Ah, bene», dissi spiazzato.
«L'indagine è per omicidio. Credo che procederemo in tempi stretti alla riesumazione e all'esame autoptico. Ci sono stati degli sviluppi, come avrà saputo, sulla vicenda dell'omicidio Kowalska, ma anche se le indagini si stanno orientando decisamente in una direzione, non mi sento in coscienza di tralasciare nulla e devo riconoscere che nella sua istanza ho trovato degli spunti che meritano un approfondimento. Vorrei però pregare lei e la famiglia di mantenere il più stretto riserbo in questa fase. Nell'interesse di tutti. Lei capisce che potremmo anche non scoprire nulla e non è un bell'affare passare per quello che gridava al lupo».
«Assolutamente, dottoressa».

Dio ci conservi sempre i magistrati coscienziosi. La ringraziai e me ne andai soddisfatto, scrivendo subito un messaggio a Virginia Guccione.

«La tua denuncia è stata presa sul serio. Si indaga per omicidio».

La spunta blu apparve quasi subito. Non una risposta. Solo un paio di minuti dopo mi giunse uno stitico "grazie". Mi chiesi se la ragazza non si fosse pentita della sua mossa. E se non fossi stato avventato ad accodarmi alla richiesta di una diciannovenne. Per sedare i miei conflitti interiori ritenni di concedermi una terapia efficace. Entrai al bar del tribunale e mi divorai un'iris fritta con ricotta.

«D'Ignoti Maria Concetta», fece con tono trionfale Gaetano irrompendo nella mia stanza. Trascinò la sua gamba offesa fino alla poltrona di fronte a me e tutto soddisfatto prese posto, stendendola. Era molto presto, le tre del pomeriggio, era stato lui a chiedermi di vederci subito.

Mi trovò d'umore nero perché quel giorno eravamo stati convocati a scuola per una bravata di Giacomo. Aveva fatto la *supercazzola* alla professoressa di matematica, una quasi pensionata con un lieve problema d'udito, riservandole pure la battuta: "Lo vede il dito, lo vede che stuzzica?", come Tognazzi al vigile urbano davanti al Bar Necchi. L'ilarità dei compagni si era scatenata così come l'ira della prof, che lo aveva spedito, giustamente, dal preside. Era scattata convocazione, lavata di capo a figlio e genitori e successiva cazziata di Monica al sottoscritto fuori dalla scuola.

«Così impari a fargli vedere i vecchi film! Diventerà un fissato maniaco come te, che riguarda la stessa cosa cento volte finché non la sa a memoria».

A dire il vero, *Amici miei* glielo aveva fatto vedere lei. Ma mi ero guardato bene dal ricordarglielo.

«Chi è questa Concetta?», chiesi a Gaetano.

«La ragazza abusata. Che abusata non fu. Anzi, che prima disse che fu abusata e poi ci ripensò e disse un'altra cosa».

«Gaetano, a me sta scoppiando la testa, non essere ermetico».

«Sì, *ermetico della mutua*, avvocato. Le sto parlando dell'informazione che mi ha chiesto lei. Lo scandalo di trent'anni fa».

«Ah, della Rampazzo».

«Sì. L'associazione si chiamava...».

«La Margherita», dissi.

«Ah, lo sa? Ma stia a sentire chi era la persona accusata degli abusi...».

«Il dottore Realmonte. Me lo ha detto mio fratello».

Gaetano si corrucciò e indispettito fece per alzarsi.

«Vabbè, allora se lei sa tutte cose io tolgo il disturbo, avvocato».

«Tanino, *bedda matri*, non ti ci mettere pure tu. Siediti. Chi è questa Concetta?».

«Perché non ce lo chiede a suo fratello?»

«Lo sto chiedendo a te, non fare il permaloso».

Gaetano si mise a braccia conserte con un'aria offesa, spostando lo sguardo altrove.

«*Amunì!*», lo esortai.

«La vittima, avvocato».

«La vittima che ritrattò».

«Esatto. Era una ragazzina di una famiglia poverissima, *ausitana*».

Ausitana in palermitano significa del quartiere della Kalsa. Una zona popolare, ai confini del centro storico, verso il Foro Italico e il mare.

«*E chi si nni fici?*».

Cioè, *che ne è stato di lei?* Con Gaetano a volte mi riusciva naturale scivolare nel dialetto.

«Diventò meno povera, avvocato. Andò a stare in una bella casetta in affitto, lei e la madre, una *curtigghiara*».

Ossia una donna di cortile. Parola offensiva, che s'usa anche, anzi soprattutto, in senso metaforico.

«Ah, e chissà a spese di chi».

«E pure un lavoro trovò, poco dopo. In una dita di pulizie. E lo sa per chi lavorava questa ditta? *Amunì*, vediamo se è bravo a indovinare».

«Per il Banco di Sicilia».

«Minchia, avvocato, lei al telequiz dovrebbe andare», sorrise Gaetano lisciandosi i baffi.

«Insomma, una fiaba a lieto fine».

«No, tanto a lieto fine no. Perché la *picciotta* s'ammazzò. Sette anni dopo. Si buttò dal quinto piano. E lasciò un *picciriddo nico*».

«Ah, aveva un figlio piccolo?»

«Sì. Quello ancora non lo trovai. Ma so che faceva il *barrista* da qualche parte. D'Ignoti Samuele si chiama».

Samuele e barista. Due parole che, come un paio di elettroni, si misero a girare vorticose attorno al mio cervello. Mi ci volle qualche secondo ma il ricordo tornò alla mente. La mia conversazione con il portiere del palazzo di Enza Caruso. E l'arrivo del picciotto del bar. Samuele si chiamava. Mi era rimasto impresso, non era un nome così comune. E l'età secondo me quella era.

«Tanino, sai che ti dico? Andiamocene al bar. Ma non al nostro solito posto».

25
Racconto di Fabrizio Corsaro

Lo scorrere della vita segue regole imperscrutabili. Ai giorni uguali ai giorni che si accatastano uno sull'altro a fare volume e basta, seguono a volte giornate follemente intense in cui gli eventi si susseguono a ritmo frenetico senza darti il tempo di metterli bene a fuoco. Gli sceneggiatori di tutto questo, ammesso che esistano, devono essere per lo meno afflitti da disturbo bipolare.

Le ventiquattr'ore tra il 9 e il 10 gennaio registrarono in effetti un vorticoso susseguirsi di episodi. Si cominciò nella tarda serata di un insulso giorno di lavoro. Che aveva avuto come picco di vitalità solo un battibecco tra Pippo Nocera e Marcello Alaimo su quale fosse il miglior film di 007. Per il resto, in redazione si era respirata la consueta aria da nosocomio per lungodegenti. Quando ebbi finito di lavorare – era presto, poco dopo le venti – infilai il giubbotto lesto per volare da Laura, che mi stava tenendo il bambino. Ma Giulia richiamò la mia attenzione.

«Non è che mi daresti un passaggio? Ho la macchina dal meccanico».

«Certo, però datti una mossa», risposi col mio consueto garbo da gentiluomo inglese.

Giulia mi seguì a ruota. Salì sulla mia auto – di rado prendevo la moto quando dovevo portare Nico – e si informò sulla faccenda della polacca.

«E quindi alla fine era stato l'amico. Che ne ha ammazzate due».

«Questo è da vedere. Che ha ucciso Kasia è molto probabile. Che abbia fatto fuori pure la prima, Zofia, è tutto da dimostrare».

«Non dirmi che stai giocando al detective un'altra volta. Lo sai che prima o poi ti farai male?»

«Mi hanno quasi ammazzato una volta. Ormai ho il callo...».

«Come posso dimenticarlo? Mi hai fatto morire di paura quand'è successo».

Me la ricordai in ospedale, quando mi avevano quasi aperto il cranio a bastonate. Rividi i suoi occhioni angustiati. Ma all'epoca ero troppo innamorato di Maria per metterli a fuoco.

«Ah, sì? Allora ancora mi volevi bene?».

Era una cretinata buttata lì, ma lei sembrò prenderla sul serio.

«Certo. Ti ho sempre voluto bene, idiota».

«Non abbastanza da fidanzarti con me», obiettai, continuando a scherzare. Eravamo quasi sotto casa sua.

«E il motivo non ti ha mai sfiorato, grande mente?».

Lasciai galleggiare quella pericolosa domanda in un silenzio che si fece troppo lungo. Arrivai a destinazione e mi fermai in seconda fila.

Mi voltai verso di lei.

«No. Illuminami».

Lei mi rispose con un'espressione serissima.

«Ma secondo te, una come me, una che era rimasta fregata, con una bambina piccola da crescere da sola, si doveva buttare fra le braccia di un tipo che scopava ogni settimana una donna diversa? Ma tu mi pensavi davvero così imbecille?»

«Aspetta un attimo, stiamo *coglionando* o si parla sul serio?»

«Ecco, vedi qual è il tuo problema, Fabrizio? Che non capisci mai la differenza».

«La differenza tra?»
«Tra essere serio e fare il coglione. Ma non fa niente, ormai».
Aprì la portiera.
«Giulia, ma di che stai parlando? E poi che significa *ormai*?»
«Niente, grazie per il passaggio, ciao», rispose lei andandosene.

Secondo capitolo, casa di Laura Scelsi. Nico e Amira stavano giocando, io e la mia amica ci concedemmo un attimo di pace. Laura aveva raccolto i capelli e come mi sembra accada per tutte le donne con un bel viso, questo la rendeva ancora più attraente ai miei occhi. Bevemmo un bicchiere di vino bianco, cercai di rilassarmi e di non pensare più a Giulia. Miracolosamente ci riuscii. E tornai la compagnia gradevole che non ero stato con Laura negli ultimi tempi. I bicchieri divennero due, le chiacchiere furono divertenti. A metà del terzo, un piacevole torpore si impadronì di me.
«Sono contenta di ritrovarti sereno, mi ero preoccupata per te in questi giorni», disse Laura, mettendo in mostra i suoi denti sfavillanti con un sorriso dolcissimo.
«Grazie, sei tanto cara», risposi poggiando la mia mano sulla sua.
Il torpore di cui sopra si era diffuso e un certo formicolio si avvertiva ai piani bassi. Laura si avvicinò, emanava il suo solito buon profumo.
«Sai, è bello averti qui», mi disse.
La vedevo già nuda sul tavolo della cucina. Il formicolio era diventato altro. Le accarezzai il braccio.
«Sì», dissi, avvertendo il mio respiro che cominciava ad affannarsi.
«È bello perché finalmente, dopo la delusione con mio marito, posso avere accanto un uomo con cui non

devo preoccuparmi di apparire in un certo modo. Con cui posso essere me stessa».

«Laura...», dissi, ma lei mi mise un dito sulla bocca per farmi tacere.

«Non dire niente, ho capito».

Il film di lei prona sul tavolo della cucina, delle mie mani sul suo seno e del mio pube a contatto con i suoi glutei proseguiva nella mia mente obnubilata.

«Cosa?»

«Ho capito che per te sono solo un'amica. Ed è giusto così. Per un attimo avevo fatto confusione e forse tu lo hai avvertito e la cosa ti ha spaventato. Ma non temere, ora l'ho chiaro anche io. La nostra amicizia è troppo pura e preziosa per rischiare di rovinarla con altro. E tu, malgrado le tue pose da macho, sei stato un vero gentiluomo a difenderla, anche da me. Grazie».

Mi schioccò un bacio sulla guancia e si allontanò, per andare a buttare un occhio ai bambini. Lasciandomi così, col disperato bisogno di chiudermi in bagno.

Certe mattine capita a tutti, probabilmente, di svegliarsi sentendosi un mezzo coglione. La mattina del 10 gennaio, dopo la doppietta della sera prima con Giulia e Laura, Fabrizio Corsaro si svegliò sentendosi un coglione al centotrenta per cento. Ciò non di meno, con resilienza esemplare, il sottoscritto s'alzò dal letto, preparò il pargolo, lo portò all'asilo e s'avviò verso il giornale per il turno di nera della mattina. Ma sulla strada arrivò una chiamata, su Whatsapp. Era Carolina.

«Che succede?», risposi.

«Novità», annunciò lei.

«Barresi ti metterebbe in castigo se sapesse che parli tanto con me», scherzai.

«Il dottore Barresi è qui accanto a me».

«Ah. Che succede?»
«Ha confessato l'omicidio».
«Il polacco? Minchia, vengo e parliamo?»
«No».
Il tono fu categorico.
«E allora?», la incalzai.
«E allora ti regaliamo un paio d'ore di vantaggio sulla concorrenza».
«Sì, ma dimmi di più».
«Ci sono le sue impronte. C'è un testimone. Stiamo solo aspettando il Dna preso sotto le unghie di lei ma sarà di Watroba senz'altro. È fottuto, e l'avvocato gli ha consigliato di parlare. Dice che è stata una lite, un omicidio preterintenzionale. Lei ha cominciato a gridare, lui le ha messo le mani sulla bocca e senza volerlo l'ha soffocata».
«Quindi non è morta per le percosse».
«No, l'autopsia ha confermato che è morta per anossia. Ma dopo aver preso un sacco di botte. Altro che preterintenzionale».
«E della Kowalska che dice?»
«Che non è stato lui».
Ero fermo in doppia fila. C'era ancora una cosa che dovevo chiedere. Ma avevo paura di sapere la risposta.
«E... il motivo della lite?»
«Mi dispiace dirtelo. È il messaggio che hai mandato tu. Lui era stato da lei, avevano avuto un rapporto. Kasia Nowak si era addormentata. Lui, per gelosia, le ha controllato il telefono ed è andato su tutte le furie».
Maledetto. Maledetto porco maschio di merda. Li odiavo tutti, tutti questi vigliacchi.
«Ma cosa doveva dirmi lei?».
Carolina esitò. Mi parve di udire la voce di Barresi. Che le dava via libera.

«L'altra vittima, Zofia Kowalska era incinta di lui. Avevano avuto una tresca».

Mi toccò dunque lavorare a ritmi forsennati. Scrissi subito un pezzo per il sito del giornale, dando il colossale buco alla concorrenza. Poi, con maggiore calma, mi misi a scrivere per il quotidiano dell'indomani, due grandi pezzi sull'omicidio di Kasia Nowak, quasi una pagina intera, in cui si raccontava la vicenda ma si ricordava anche il giallo irrisolto della morte di Zofia Kowalska, per la quale Marek Watroba era indagato, seppur professandosi innocente.

Insomma, fu una di quelle giornate in cui ti sovviene il motivo per cui hai scelto di fare questo strampalato mestiere e torni a casa stanco di una stanchezza che fa bene al cuore e al corpo.

Pippo Nocera era arrivato dopo pranzo. Mi provocò a suo modo.

«Senti, Hemingway, c'è un ausiliario arrestato per furto di farmaci in ospedale. A che sei in questa fase di trance creativa lo scrivi tu e io me ne vado ai giardinetti?»

«*Va caca*, Pippo. Lavora che non è mai troppo tardi per cominciare».

L'omone se la rise e si mise all'opera.

Alle sei consegnai i miei pezzi e tolsi il disturbo. Giulia quel giorno era libera e non mi dispiacque, perché dopo il sipariettto della sera prima mi sarei trovato a disagio a incrociarla. Volai a casa di mia madre. Monica era andata a prendere Nico all'asilo e lo aveva portato dalla nonna, dove si era fermata anche lei. Presi in consegna il pupo e tornai a casa. E lì, il quarto atto delle mie intense ventiquattr'ore ebbe luogo.

Sfinito per com'ero, prima di dedicarmi a mettere insieme qualcosa che assomigliasse a una cena, decisi che era il caso di riposarsi un po'. Volevo solo buttarmi sulla mia poltrona preferita come un sacco vuoto e ascoltare musica buona.

Lo proposi al mio coinquilino soldo di cacio, che stavo cercando di educare ai capisaldi dell'umana bellezza. Nico accolse l'idea col suo consueto entusiasmo.

«Sì, metti quella di quando para Nuccio, è bellissima!».

«Quella di *quando para Nuccio*? Ma di che stai parlando?».

Nuccio era un suo amichetto della casa-famiglia a Bagheria in cui lo avevo incontrato. Giocavano sempre a pallone insieme.

«Sì, quella quando para Nuccio!».

«Ma che cosa para Nuccio? I rigori? Nico, non ti capisco!».

Lui emise una specie di *sgrunt* da fumetto, tipo il verso di Bud Spencer quando vede arrivare Trinità all'inizio del film, e indispettito dalla mia lentezza di comprendonio canticchiò la canzone: fu anche alquanto intonato.

«Quando para Nuccio, il mio amore, nanana nananà...».

Ah, era quella! *Sun king*, nel bel mezzo del mitico medley del lato B di *Abbey road*. Pezzo di Lennon con un arrangiamento latineggiante. I Beatles ci scherzarono su, cantando un testo in cui sparavano parole in spagnolo, italiano e portoghese, senza alcun senso. La parte in questione cominciava con «Quando para mucho, mi amore de felice corazon». Ma Nico, che di spagnolo ne sa meno del poco che ne sapevano i Beatles, aveva capito «Quando para Nuccio», il suo amichetto portiere. Ci risi su, gli diedi il cinque e misi su *Abbey road*, lanciando a colpo sicuro *Sun king*, che cominciava con i grilli e le campane con cui McCartney la aveva appiccicata alla sontuosa coda di *You never give me your money*.

E mentre la lunga intro strumentale di chitarre e basso procedeva, pensai al modo in cui funziona la nostra mente. Ascolti qualcosa, non conosci quella lingua, le attribuisci il significato nell'espressione più vicina del tuo idioma di riferimento. Avevo letto in un romanzo di un mio collega che gli italiani d'America chiamavano la Festa dell'Indipendenza il *Forte Gelato*, per assonanza con *Fourth of July*. E mentre pensavo a questo, a Nuccio che parava e ai Beatles che annunciavano l'arrivo del Re Sole che fa tutti felici, finalmente quei due neuroni ancora in attività nel mio cervello fecero contatto e la luce si accese. E insperatamente mi indicò la strada.

Lo dissi ad alta voce.

«Che cosa aveva detto davvero Zofia in ospedale?».

Nico, pensando che parlassi con lui, mi squadrò perplesso.

«Chi è Sofia? La tua fidanzata?»

«No, bello, non ho fidanzate io», gli sorrisi afferrandolo e mettendomelo in braccio sulla poltrona.

26
Racconto di Roberto Corsaro

Samuele D'Ignoti stava smontando dal suo turno. Lo beccammo al bar davvero per pochi secondi. Aveva già dimesso gli abiti da lavoro e si stava avviando per tornarsene agli affari suoi. Lo riconobbi subito, perché la sua faccia mi era rimasta impressa, come ogni minimo dettaglio di quella strampalata storia cominciata il pomeriggio del primo dicembre allo studio. Lo fermai, mi presentai e gli chiesi se poteva concedere a me e Gaetano qualche minuto. Il ragazzo, che poi doveva essere vicino ai trenta a guardarlo meglio, acconsentì perplesso.

«Ma di cosa si tratta? È per quella cosa del bollo non pagato? Perché ho fatto...».

Lo fermai subito.

«No, no. Sono il legale di una parente della signora Enza Guccione Caruso».

«E chi è?»

«Lei non la conosce?»

«Non mi pare».

«Fra i clienti del bar?».

Si sforzò per un attimo.

«C'è una signora Caruso che abita qua vicino».

«Sì, è morta. Non lo sapeva?»

«No», rispose sempre più spaesato Samuele.

«Però la conosceva».

«Qualche volta ha ordinato qualcosa e l'ho consegnata a casa sua».

«Per Santa Lucia, il 13 dicembre, le ha portato delle arancine?»

«Ma chi se lo ricorda, ho portato arancine a mezza via Dante quel giorno».

«Si sforzi, per piacere».

Il ragazzo mi squadrò con uno sguardo diverso, tagliente.

«Scusi, ma lei che cosa vuole da me?»

«Lei è figlio di D'Ignoti Concetta?», si inserì Gaetano, con una posa molto da carabiniere.

«Ma che c'entra mia madre?»

«Lo è o no?»

«Sì, ma mia madre non c'è più da moltissimo tempo».

«Signor D'Ignoti, lei non sapeva che la signora Caruso aveva conosciuto sua madre?»

«Ma no, di che state parlando? Scusate, io non capisco».

Cercai le parole giuste. Ma non ce ne erano. E andai dritto al punto.

«Lei è a parte della vicenda che occorse a sua madre in un ambulatorio che si chiamava La Margherita, alla Kalsa? Accadde prima che lei nascesse».

Un velo di pece scurì il volto di Samuele.

«Lo so. Conosco la storia. Ma che c'entra?»

«La signora Caruso era una specie di direttrice di quel centro. Lei non lo sapeva?»

«Senta, mia madre c'è morta per quella storia. Questo me lo raccontarono, perché io quasi non me la ricordo. Non la superò mai. E io sono cresciuto senza genitori. Non conosco quelle persone e non le ho mai volute conoscere. Mi faccio la mia vita e basta. Lasciatemi in pace».

Solo allora notai che parlava in italiano senza mai scivolare nel dialetto. Immaginai l'esistenza tutta in salita di quel giovane uomo e per un attimo la mia voglia di indagare, di scoprire e di conoscere la verità evaporò.

«Va bene. Mi scusi per il disturbo», dissi.

Il banconista annuì e senza salutare ci voltò le spalle per andarsene. Gaetano lo chiamò.

«Samuè!».

Quello si voltò accigliato.

«'*Ste* arancine gliele hai portate o no per Santa Lucia?».

Il labiale del suo *vaffanculo* si lesse nitidamente.

L'aria a casa mia sembrava essersi rasserenata. Giacomo aveva promesso di non fare più la *supercazzola* agli insegnanti, Monica aveva smesso di gridargli contro e Rebecca, be', Rebecca sembrava più serena. La si vedeva più spesso fuori dalla sua stanza e le avevo sentito anche scambiare quattro parole con suo fratello.

Quella sera a letto ne parlai con Monica.

«Sta meglio tua figlia, mi sembra».

«Sì, si è tranquillizzata».

«Ha parlato con te?»

«Mi ha detto qualcosa. Se ti può sollevare, visto che la tua omofobia da bigotto del Medio Evo è venuta fuori con tanta insospettabile veemenza, dice che in effetti non si sente attratta da altre donne. Sarai contento».

«Ora basta con questo scherzo cretino. Non ho nessuna omofobia e rispetto tutti».

«Tu sei imbottito di omofobia e manco te ne rendi conto. Ma magari quest'esperienza ti servirà a migliorare».

«Grazie, mia maestra di vita», le risposi sarcastico. Ma il sarcasmo, si sa, è l'arma delle squadre disperate che non possono difendersi se non scagliando la palla in tribuna.

«Prego», sorrise lei, che non aveva voglia di battibeccare.

«Ma l'oggetto del desiderio era quella ragazza che bazzicava casa nostra mezza nuda? Non si vede più».

«Ora chiedi troppo, non ci pensare».

«Mi fa piacere che tua figlia mantenga un canale di comunicazione almeno con un genitore», aggiunsi stizzito.

«Senti chi parla di comunicazione coi genitori».

«Sentiamo, ora di che cosa stai farneticando?»

«Di tua madre, Roberto. Da quando si è fatta male quanto ci hai parlato? Tre minuti? Quattro? Hai solo pensato a come la sua gamba abbia incasinato la nostra vita ma non ti sei chiesto mai cosa stia significando per lei questo momento. Si sente vecchia, fragile, di peso per gli altri, non è facile per una come lei».

«Stasera ti trovo molto psicologa», risposi col sarcasmo miserello di cui sopra.

«Dormi, imbecille», disse lei perentoria. E si voltò dall'altra parte.

L'indomani, mentre ero in aula per una noiosissima udienza, in un processo per reati fiscali e riciclaggio in cui non avevamo mezza possibilità, sia per la conclamata colpevolezza del nostro cliente sia per l'abilità del pubblico ministero, uno dei migliori della procura, mi arrivò un messaggio da mio fratello.

"Ciao Perry Mason, ho bisogno di te".

Lo chiamai alla fine dell'udienza.

«Che ti serve?»

«Senti, sono davvero poche le cose che tu sai fare meglio di me, ma una te la riconosco».

«Fare la persona seria?»

«Parlare in inglese», rispose Fabrizio.

«Pure tu lo parli».

«Sì, ma tu sei più bravo. Devo telefonare a una persona, mi dai una mano? Lo sai che odio chiedertelo».

«Lo so. Per questo la sto tirando per le lunghe».
«Alle cinque di oggi potresti?»
«Sì, vediamoci allo studio da me».
«Aggiudicato».

Fabrizio aveva preso un appuntamento telefonico con Faustyna Kowalska, la sorella di Zofia.
«Ma davvero Faustyna si chiama? Lo sai chi era Faustyna Kowalska?»
«Certo che lo so. Una mistica. Ti pare che solo voi baciapile sapete tutto?».
Mi ricordai della cappella nella splendida chiesa del castello di Cracovia dedicata alla suora. L'avevamo vista il giorno prima di andare ad Auschwitz. Che luoghi memorabili, quel viaggio in Polonia c'era rimasto nel cuore.
Feci il numero che Fabrizio mi dettò e la polacca rispose subito.
Mi presentai e avviammo la conversazione in inglese, anche se quello di Faustyna era tanto stentato che probabilmente anche Fabrizio avrebbe potuto cavarsela.
Mio fratello mi aveva spiegato di cosa si trattava. E cercando di esprimermi nell'inglese più basilare possibile, rivolsi la domanda alla sorella.
«Zofia mentre era in ospedale, ha ripetuto più volte la parola *coperta* – dissi il vocabolo in italiano – o qualcosa del genere. Nella sua lingua esiste una parola simile?»
«*Koperta* significa... Non so come si dice in inglese».
«Come si scrive?».
Lei fece lo spelling. Io scrissi su Google "koperta polacco". E la risposta mi apparve.
«Busta», dissi in italiano. E poi lo tradussi in inglese.
«Sì, quello», rispose la sorella.
«*Coperta* e *baci*», mi suggerì Fabrizio.

«E *baci* cosa significa?»

«Niente».

«Una parola che ci assomigli? E che c'entri qualcosa con busta?»

«Non lo so… io… forse…».

«Forse? Cosa?», la incalzai.

«*Koperta babci*».

«Come?»

«*Koperta babci*, la busta di nonna».

«La busta della nonna? Che significa?»

«Zofia scriveva lettere a nostra nonna che è morta un anno e mezzo fa. Lei non mandava email, ancora usava le lettere».

Fabrizio sollevò i pollici.

«E sua nonna rispondeva?»

«Certo».

«E forse quelle lettere Zofia le aveva ancora».

«Sicuramente. Lei amava tantissimo nostra nonna Wioletta».

«Wioletta? Pensi un po', anche mia nonna si chiamava Viola!».

«Ma che cazzo gliene frega a quella?», mi disse Fabrizio parlando a bassa voce.

In effetti, non era un'osservazione peregrina.

27
Racconto di Fabrizio Corsaro

Agatino Barresi era finito in ospedale per un'appendicite. Me lo riferì Carolina Morgano quando mi presentai alla Mobile la mattina dell'11 gennaio.

«Ma come appendicite?»

«S'è sentito male ieri mattina mentre era al lavoro. Non voleva andarsene. Di pomeriggio s'è accasciato a terra e gridava per il dolore. Ha un inizio di peritonite, poteva pure restarci secco».

«E ora come sta?»

«Mah, lo hanno operato d'urgenza. Vediamo se ora si dà una bella calmata».

«Troppo stress? O ansia da promozione e trasferimento a Catania?».

Carolina mi incenerì con uno sguardo da triello. Eravamo chiusi nella sua stanza, appeso al muro, canuto e rassicurante, Mattarella accennava un bonario sorriso.

«Non sono cazzi tuoi. Ora si può sapere che vuoi?»

«Brava, hai fatto anche la rima».

«Fabrì, l'hai capito che non è giornata».

«Sono venuto a ricambiare il regalino che mi hai fatto. Ho un'informazione che potrebbe esserti utile».

«Ma vuoi avviare una carriera da confidente di questura?»

«Sì, e a Natale mi regali il *Canta tu*. Zofia Kowalska durante la sua agonia ripeteva incessantemente delle parole».

«Zofia Kowalska non è mai stata cosciente durante l'agonia. Al massimo delirava».

«Delirava? Può essere. Ma insistentemente ripeteva la parola *busta*».

«E tu che ne sai?»

«Lo so. Dammi retta. Forse si riferiva alla busta di una lettera di sua nonna».

Carolina sollevò un sopracciglio e tacque, fissandomi severa.

Poi parlò con una durezza che avrebbe impressionato anche un criminale incallito.

«Tu che cazzo ne sai delle lettere di sua nonna?»

«Ci sono, allora. Lo vedi?»

«Ci sono delle lettere, tra le tante cose che abbiamo sequestrato. Ma risalgono a più di un anno fa, abbiamo dato priorità ad altro».

«Le avete voi?»

«Le abbiamo messe a disposizione della procura che ne ha chiesto il sequestro al giudice: è corrispondenza, ci vuole un'autorizzazione ad hoc. Quando è arrivata, con comodo, queste lettere sono tornate qua in deposito insieme ad altre cose. Ma nel frattempo l'inchiesta si era indirizzata verso altro e...».

«E insomma, mi stai dicendo che non sono state spulciate».

«Un interprete ci hanno dato. Ancora aspetto che finisca di tradurre la messaggistica del telefonino».

Era avvilita.

«Oh, Carolina, potrebbe essere pure niente, non è che sono certo».

Lei rimase in silenzio per qualche secondo. Poi si alzò di scatto.

«Seguimi», ordinò. Obbedii.

Attraversammo corridoi angusti e scale, fino ad arrivare a uno stanzone piantonato. Il poliziotto in divisa salutò e Carolina gli intimò di andarsi a fare un giro e tornare dopo dieci minuti. L'agente sbarbato ubbidì docile.

«Tu qui non ci sei mai entrato. È chiaro, testa di minchia? Non te lo fare scappare sennò lo sai dove ti infilo la penna».

«Ma chi ti ha insegnato l'arte del turpiloquio? Scommetto Fisichella. Riconosco lo stile. Ecco perché eri la sua pupilla».

«Vieni».

Entrammo in uno stanzone stracolmo di scaffalature con dentro una quantità infinita di roba d'ogni genere, sembrava l'ufficio oggetti smarriti di una stazione intergalattica. Carolina consultò un foglio che teneva in mano e a colpo sicuro si diresse verso un angolo sotto la luce gelida del neon. Si infilò dei guanti celesti di lattice e prese un sacco, che svuotò su un lungo tavolo metallico.

In una busta di cellophane c'erano le famose lettere della nonna. Carolina le tirò fuori. Erano una trentina.

«Te le vuoi leggere tutte? Visto che abbiamo scoperto che capisci pure il polacco?»

«Le buste mi interessano. Non le lettere».

«Le buste? Eccole qua».

Le allargò sul tavolo con un gesto della mano come un prestigiatore con un mazzo di carte, disponendole a ventaglio.

«A me sembrano tutte uguali. Zofia Kowalska, indirizzo, Palermo».

«Girale», le chiesi.

Carolina lo fece. Sull'altro lato della busta, a caratteri più piccoli, con la stessa grafia curata e minuta, c'era l'indirizzo del mittente.

Wioletta Kłobukowska, Odona Bujwida 12, 31-529 Kraków, Polska

«Anche queste sono tutte ugu... Ah, cazzarola», fece Carolina.

Sulla penultima, una busta più consumata e spiegazzata delle altre, sotto quell'indirizzo c'era scritto dell'altro. E da una mano chiaramente diversa.

Zobaczyłam lekarza ze szklanką w dłoni. I potem ona zmarła.

«E allora, professor Corsaroski, che c'è scritto qua?»

«E che cavolo ne so io? Chiedi all'interprete».

«Certo che glielo chiederò a quella testa di cazzo che non si era accorta di niente. Ma intanto vediamo che ne dice il signor Google».

Tirò fuori il cellulare. Digitò "polacco italiano". E nella griglia che apparve, copiò lentamente la frase, con attenzione, per non sbagliare nemmeno una singola lettera.

Insieme vedemmo apparire la traduzione, rimanendo entrambi a bocca aperta.

Ho visto il dottore con un bicchiere in mano. E poi è morta.

Il dottore Manlio Realmonte era stato a casa di Lilla Rampazzo il giorno della sua morte. E pure a casa di Enza Caruso, anche se questo dettaglio non era noto a Carolina Morgano e alla Mobile. Di entrambe le donne era il medico di famiglia, entrambe aveva visto cadaveri firmando i certificati di morte, a entrambe era legato da trascorsi risalenti a un passato che si era fatto di tutto per seppellire. Anche quest'ultima informazione non era nota alla polizia, che la apprese dal sottoscritto. Carolina mi intimò di non scrivere una riga fino al suo via libera. E così, l'indomani, nel pomeriggio, i poliziotti si presentarono allo studio del dottore Realmonte per pregarlo di recarsi in questura per essere sentito come persona informata dei fatti.

Il medico fu tenuto sotto torchio dalla pm Ferranti e da Carolina per ore e ore. Un interrogatorio fiume che si protrasse fino a notte. L'indomani lo scoop era tutto mio. Scrissi dell'interrogatorio ma, come mi ero impegnato a fare con la poliziotta, non rivelai con precisione il dettaglio della scritta sulla busta. E nemmeno i trascorsi oscuri risalenti al passato. A Palermo si direbbe che raccontai la faccenda *a trasi e nesci*, letteralmente *a entra ed esci*, dicendo che nuovi indizi emersi nelle ultime ventiquattr'ore avevano spinto la Squadra Mobile a interrogare d'urgenza il medico di famiglia circa i suoi rapporti con Zofia Kowalska e con l'anziana a cui la polacca badava, Rosalia Rampazzo; anziana a cui l'uomo sarebbe stato legato da un antico rapporto di conoscenza. Scrissi altresì, questa fu una libertà che mi presi sapendo che avrei fatto incazzare lo sceriffo Carolina, che Marek Watroba pur ammettendo l'omicidio di Kasia Nowak aveva respinto le accuse per la morte di Zofia e che questa svolta nelle indagini forse corroborava la sua versione dei fatti, indirizzando l'inchiesta in un'altra direzione.

Mi addormentai sfinito ma soddisfatto. Laura Scelsi mi aveva inviato un messaggio di buonanotte con tanto di icona del bacio, ma senza il cuoricino. Giulia era sparita dai radar dopo quella scenata in macchina. Ma quella sera, quando misi la testa sopra il cuscino, non pensai a una donna, nemmeno alla mia Maria, di cui, mi pesa confessarlo, ogni giorno sentivo almeno un po' la mancanza. Piuttosto, assaporai come malgrado tutto ancora ardesse in me, seppure usurato dal tempo, l'unico amore grande che mai mi aveva davvero abbandonato: quello per il mio lavoro.

E se pur v'era un che d'insita tristezza in un siffatto pensiero, quella notte m'addormentai sereno.

L'indomani mattina, al mio risveglio, appresi la notizia dell'iscrizione nel registro degli indagati del dottore Realmonte.

28

Il 13 gennaio il dottore Realmonte divenne suo malgrado un personaggio noto. I siti di informazione pubblicarono la sua fotografia, un primo piano del suo faccione rubicondo e mite, attingendo a un profilo Facebook che evidentemente il medico non utilizzava un granché, visto che aveva solo un centinaio di amici e l'ultimo post risaliva al 2017.

Il medico aveva scelto come legale l'avvocato Aldo Montalbano, amico di mio fratello Roberto, che quel giorno però schivò le domande dei giornalisti, chiedendo loro, da persona seria qual era, di lasciargli prima il tempo di approfondire la questione. A Realmonte non era stata applicata una misura cautelare ma per come conoscevo i miei polli sarebbe stata solo questione di tempo. Gli avevano perquisito casa, studio e automobile e sequestrato telefono e computer. A quanto si apprese non aveva un alibi di ferro per il giorno della morte di Zofia Kowalska.

Quella mattina, dopo aver accompagnato molto presto Nico all'asilo, mi concessi una corsetta al Foro Italico, poca roba, giusto per smaltire un po' di tossine. Una doccia e mi fiondai al giornale. E lì mi ritrovai faccia a faccia con Giulia.

«Mattiniera oggi, dottoressa Accardo?».

Lei mi squadrò seria ma non accigliata.

«Sì», telegrafò.

«Vuoi un caffè?».

Un altro *sì* scondito. Si alzò dalla scrivania.

«Bar o macchinetta?», chiesi.
«Restiamo qua, fa freddo fuori».
Minchiate, c'erano dodici gradi. Camminammo per i corridoi deserti e poi scendemmo giù.
«Che ci fai qua così presto?», le chiesi quando fummo davanti al distributore. E lei si tolse finalmente il peso dallo stomaco.
«Niente, di importante... Senti, mi dispiace per l'altra sera. Scusami».
Era cupa, quegli occhioni grandi traboccavano di tristezza, si tormentava le mani, stropicciando le dita affusolate.
«Tranquilla. L'amore non è bello se non è litigarello».
È più forte di me. Quando ci ripenso, ore dopo, alle frasi da coglione che escono da questa bocca, quasi non ci credo.
Giulia espirò e scosse il capo.
«Sei irrecuperabile».
Appoggiò la testa sul mio petto. I suoi capelli mi fecero il solletico sulla barba. Le sue parole furono un sussurro, come un refolo gentile di vento in primavera.
«Mi abbracci?».
La strinsi forte a me. Il tempo mi risucchiò indietro. Il cuore accelerò i battiti. I miei quasi quarantacinque anni divennero quindici.
Giulia sollevò la testa, i suoi occhi inghiottirono i miei. La sua bocca mi cercò. La mia lingua accarezzò i suoi denti, le sue dita i miei capelli.
Avrei voluto che quel nostro primo bacio non finisse mai.

Giulia sparì dalla mia vista quando arrivò il consigliere comunale con cui aveva appuntamento. Rimasi in stato confusionale per un pezzo. Mi dedicai a uno svogliato giro di cronaca, così si definiscono le telefonate a forze dell'ordine e vigili del fuoco per sapere se ci sono novità, senza riuscire a concentrarmi, sognante ed eccitato come un adolescente rimbambito. Mi scosse mia madre con una chiamata.

«Mamma, come stai?»

«Viva. Ci tenevo a darti questa informazione».

«Quale?»

«Che appunto sono ancora in vita. Per tranquillizzarti. Visto che non ci sentiamo da giorni».

Non era da lei rinfacciarlo. Ma quella gamba rotta l'aveva cambiata, trasformandola in una vecchietta capricciosa. E siccome la ragione in quel caso era tutta dalla sua, mi fece sentire un escremento canino.

«Hai ragione, mamma, scusa, ho avuto giornate complicate. Sai com'è, il bambino...».

«Ecco, appunto, per questo ti chiamavo, ragazzaccio. Me lo porti il bambino? Non lo vedo da tanto e non ce la faccio più».

Anche Nico aveva espresso quel desiderio, in effetti. La verità è che non ne combinavo mai una giusta.

«Va bene, mamma, agli ordini».

Chiusi con un vago senso di fastidio. E dopo neanche trenta secondi squillò di nuovo il cellulare. Era un numero privato, fui fortemente tentato di non rispondere. Ma siccome a volte le forze dell'ordine si manifestavano sotto quella forma, mi arresi.

«Pronto».

«Dottore Corsaro».

«Presente».

«Buongiorno, sono Alessio La Malfa».

Ah, il fisioterapista bono. E che voleva quest'altro da me?

«Ho letto il suo articolo di oggi. Lei è molto informato sulla vicenda».

«Mi pagano per questo».

«Senta, io...».

Esitò. Volevo solo chiudere la comunicazione e tornare a pensare a Giulia.

«Sono in riunione, non posso stare a lungo al telefono», sibilai mettendo i piedi sulla scrivania.

«So qual è il segreto del dottore. Forse la cosa la può interessare».

«Il segreto?»

«Sì, ma vorrei parlarne di persona, capirà».

«Vuole passare dal giornale?»

«No, preferirei in un posto più riservato. Ho una casetta di campagna a Croceverde Giardina».

E dov'è? Vicino alla Contea degli Hobbit?

«È lontano?»

«Ma no, dal suo giornale sarà un quarto d'ora di macchina».

«Mi vuole dare l'indirizzo?».

Me lo diede.

«Ci vediamo tra mezz'ora lì?», proposi.

«Per me va bene, grazie. A dopo».

«Che grandissima rottura di coglioni», dissi ad alta voce quando ebbe chiuso. Ma mentivo a me stesso. Tutta la faccenda mi intrigava un sacco.

Prima di mettermi in viaggio decisi di sentire mio fratello. Mi rispose al quarto squillo, trafelato, disturbato e sgarbato come sempre.

«Che c'è?»

«Buongiorno anche a te».

«Sono in tribunale».

«E il Papa è a Roma».

«Che vuoi, Fabrì?»

«Come ci si va a Croceverde Giardina?»

«E che ne so io?»

«Monica non è di lì?»

«La famiglia di Monica sta a Ciaculli. In effetti dovrebbe essere lì vicino».

«Dice Cortile Rappana 4».

«Sarà una *stratuzza* di campagna. Sei a casa?»

«Al giornale».

«Allora, se è a Croceverde, ci devi andare da Corso dei mille, e poi fai via Giafar».

E lo disse come facciamo tutti noi palermitani, con l'accento sulla prima *a*.

«Va bene, mi arrangio con il navigatore».

«Ma che ci devi andare a fare?»

«Mi ha chiamato La Malfa, il fisioterapista bonazzo che andava a casa delle vecchiette morte. Dice che sa un segreto appetitoso sul dottore».

«Ma lo sappiamo anche noi. È la storia degli abusi. Però sul giornale di oggi non lo hai scritto».

Mi aveva letto. Mi legge sempre quel tesoro d'un cazzone.

«Tempo al tempo. Vediamo se il Richard Gere dei poveri sa qualcosa di più. Ti saluto. Vai a farti lo yogurt».

«Ciao», fece lui con sufficienza.

Mi misi in marcia. Guidai per quasi mezz'ora. Croceverde Giardini, o *Giardina* alla palermitana, è una frazione attaccata a Ciaculli, con una natura rigogliosa e delle belle villette e villone. Una di quelle, se la memoria non mi ingannava, doveva essere stata di Michele Greco, il Papa della vecchia mafia, quella che davvero teneva per lo scroto questa sventurata isola. Vagando tra nespoli e mandarini, arrivai infine alla stradina che era la mia meta. Al civico 4 c'era una anonima casetta a due piani, circondata da un giardino. Fuori era parcheggiata una Panda grigia.

Citofonai e subito il cancelletto si aprì. Sulla soglia, il bel fisioterapista mi accolse tendendomi la destra.

«Mi scusi per il disturbo e grazie per essere venuto».

«Prego», risposi. E lo seguii dentro. Entrammo in un camerone arredato in maniera dozzinale. Sparpagliati qua e là giocattoli. Una parete era mezza dipinta, del cellophane sul pavimento in quell'ala dello stanzone. Sopra era poggiato un secchio con della vernice, che emanava un forte odore.

«Mi scusi per il caos, pian piano stiamo facendo dei lavoretti in questa vecchia casa di mia moglie».

«Si figuri».

«Si accomodi», mi invitò. Presi posto su una sedia, accavallai le gambe e incrociai le braccia.

«E allora?».

Mi riusciva naturale essere antipatico con quel tizio. Sarà stato l'istinto animale del predatore maschio di fronte a un potenziale concorrente.

«A me dispiace molto per Manlio Realmonte. Lo conosco da tempo. Ma ci sono delle cose che non si sanno».

Annuii, facendo lo gnorri. *Vantaggio manco agli sciancati*, ripete sempre con un'inelegante e poco *politically correct* espressione palermitana il mio collega Maurizio Giuffrida.

La Malfa si sedette di fronte a me. Si grattò la testa, inspirando, cercava le parole giuste per cominciare.

«Le racconto questa cosa ma non voglio che venga fuori il mio nome. Questo si può fare, vero?»

«Certo. Se lei me lo chiede espressamente, non posso rivelare la mia fonte. Può stare tranquillo».

«C'è una cosa che non si sa di Manlio Realmonte».

«E questo mi pare che l'avesse già detto», risposi sempre più antipatico.

Prese fiato e la buttò lì. Mi aspettavo che dicesse: aveva abusato di una ragazzina. Ma disse altro. E le mie antenne si drizzarono.

«Le due vecchie lo ricattavano».

29
Racconto di Roberto Corsaro

Ripensando alla mia reazione a tutta la faccenda di mia figlia Rebecca, col senno del poi provai un'intensa vergogna. Mi domandai se mia moglie non avesse qualche ragione su un mio inconscio pregiudizio. La cosa mi mortificava.

Quella mattina andai al Palazzo di Giustizia. Dovevo presentare un ricorso in appello per un mio irrequieto cliente, un energumeno di un metro e novanta per centoventi chili, che s'era preso una condanna pesante per una lite degenerata in violenza fisica con lesioni non da poco a carico del malcapitato che lo aveva fatto innervosire. Sulle scale incrociai la dottoressa Ferranti. La salutai.

«Avvocato, ci si rivede. Ha ricevuto la PEC stamattina?».

E chi lo sa? Non avevo avuto il tempo di guardare la posta.

«Di che si tratta?»

«L'autopsia. Si procede all'esumazione. Le ho scritto per avvisare i familiari, in caso vogliano nominare un loro consulente».

«Grazie, dottoressa, la leggerò subito», risposi.

Mi ripromisi di avvisare Virginia Guccione, dopo l'udienza. Ma quando questa terminò, ricevetti la telefonata di mio fratello. Che scambiandomi per un vecchio *Tuttocittà* pretendeva da me indicazioni stradali per Croceverde Giardina.

Liquidato Fabrizio, guadagnai l'uscita e, una volta fuori dal Palazzo di Giustizia, tirai fuori il cellulare per chiamare Virginia Guccione. Ma con mia sorpresa trovai una chiamata senza risposta del padre di lei. Lo richiamai.

«Sono l'avvocato Corsaro», dissi al suo pronto.

«Si può sapere cosa si è messo in testa? Cos'è questa storia dell'autopsia?».

Affermare che sembrasse alterato sarebbe un eufemismo.

«Sì, è stata disposta l'autopsia sul corpo di sua zia. Ho appena avuto la conferma. E stavo giusto chiamando sua figlia per avvisarla. Possiamo nominare un consulente».

«*Possiamo*? Ma possiamo chi? Ma lei chi è, come si permette, con quale autorità si è immischiato negli affari nostri?»

«Con quella del mandato che mi ha conferito sua figlia, maggiorenne», risposi secco, senza alzare la voce e mantenendo un tono gelido, come mi aveva insegnato il mio maestro, la buonanima dell'avvocato Pisciotta.

Il geologo appassionato d'ippica e poco propenso al pagamento degli alimenti si infuriò ancora di più. E si mise a gridare come uno che *abbannìa* la verdura a Ballarò.

«Mia figlia è una bambina! E lei le ha messo in testa chissà quali stronzate. Ma non finisce qui, sa? Io la denuncio all'ordine».

Urca che paura. Il mio Gaetano avrebbe di certo commentato *ma vafanculu e ci rici ca carìsti*.

«S'accomodi pure. Buona giornata, professore».

E chiusi il telefono mentre quello ancora sbraitava.

Sbuffai, stanco. Quanto mi sarebbe piaciuto in quel momento avere accanto la mia socia Valeria. Ci sono morti a cui non ci si può mai rassegnare. Il tempo sutura la ferita solo fino a un certo punto. Quel senso di torto subito, quel sapore amaro di ingiustizia che la dipartita di un giovane si lascia dietro, non evaporano mai del tutto.

Mesto mi avviai verso il bar. Lì afferrai il giornale e me lo portai al tavolo, aspettando il triste succo di frutta alla pera che avevo ordinato.

Dovevo chiamare Virginia Guccione ma decisi di procrastinare. Per quella mattina ne avevo avuto abbastanza di tutta la famiglia. L'ira funesta del professor Totò Guccione sapeva tanto di chi ha il carbone bagnato; un'espressione nostrana per indicare chi ha qualcosa da nascondere. Proprio come i carbonai di una volta che per imbrogliare bagnavano la merce perché pesasse di più. Forse in italiano si direbbe *avere la coda di paglia*. Ma non è espressione che sentirete mai pronunciare a un siculo.

Guccione era stato sia a casa della zia sia nell'appartamento di Lilla Rampazzo nei giorni in cui erano decedute. Per quanto, sebbene fosse chiaro il suo potenziale interesse, di natura economica, per la morte della zia, mi risultava abbastanza oscuro il motivo per cui avrebbe dovuto far fuori l'amica di lei. Sempre ammesso che qualcuno, lui o chissà chi, l'avesse davvero ammazzata.

Sfogliai il giornale. I politici s'accapigliavano per fesserie mentre il Paese colava a picco. L'Assemblea regionale siciliana preparava un nuovo condono edilizio. Una libera pensatrice spiegava che la famiglia per come la intendevo io era un concetto da archiviare. Un ex magistrato di vaglia rampognava su chi e come poteva far politica in questa città. Un ragazzino di diciassette anni era finito all'ospedale perché un branco di coetanei lo aveva malmenato in via Maqueda, pieno centro, per rubargli il cellulare. Passava la voglia.

Arrivai all'articolo di mio fratello, che avevo già letto prima. C'era la foto di questo dottore Realmonte, che, rotondo e canuto mi ricordava un po' Carlo, il cameriere del locale di Humphrey Bogart in *Casablanca*.

Un rumore inconsueto mi scosse. Era il cellulare ma la chiamata arrivava su Whatsapp. Buttai un occhio. Era un numero con prefisso straniero. Pensai a una truffa ma incuriosito risposi.

«Mister Corsaro?».

Voce di donna.

«Chi è?».

Faustyna Kowalska, la sorella di Zofia, si presentò nel suo inglese incerto, scusandosi per il disturbo. Aveva memorizzato il mio numero quando l'avevamo chiamata con Fabrizio.

Ci parlammo in inglese.

«Cosa posso fare per lei?»

«Ho visto degli articoli su Internet che parlano di mia sorella. Erano in italiano, ho chiesto a un'amica polacca che vive da voi di tradurli. E lei lo ha fatto. Ho capito che hanno arrestato l'assassino».

«Non esattamente, signora. C'è una persona sospettata dell'omicidio. Ma non possiamo dire ancora se sia lui l'assassino. La polizia sta indagando».

«È il dottore, no?»

«Sì, è un medico».

«Quando io e lei ci siamo visti a Palermo lei mi aveva chiesto se ricordavo qualcosa che mi avesse detto mia sorella».

«Lei non ha incontrato me, ha visto mio fratello Fabrizio, il giornalista».

«Ma posso parlare con lei adesso?»

«Certo, mi dica».

«Ho ricordato qualcosa a proposito di dottore». Traduco così perché disse "about doctor", senza articolo.

«Cosa?»

«Una cosa che mi raccontò Zofia».

«Sì?»

«Una volta mia sorella mi ha detto che dottore era molto bello e che la signora giovane secondo lei era innamorata di lui».

«La signora giovane?»

«Sì, figlia di signora Lilla».

Ah sì? Guarda un po'.

«È una cosa interessante. Guardi, la richiamo con mio fratello. Possiamo metterla in contatto con la polizia se vuole».

«Sì, grazie», fece lei.

Ci salutammo.

La pagina del giornale era ancora aperta davanti a me sull'articolo a firma Fabrizio Corsaro.

Era *molto bello* il dottore? Mah, i gusti sono gusti, però francamente l'uomo nella fotografia tanto bello non è che mi sembrasse.

Lo fissai ancora mentre mandavo giù l'ultimo sorso di succo di frutta.

E lì, vai a capire come, le parole che avevo sentito al telefono solo poco prima mi rimbombarono nel cervello. Il succo di frutta m'andò di traverso, tossii come un povero tisico e mentre un collega seduto a un tavolo vicino si muoveva per darmi soccorso, mi alzai di scatto e con la voce strozzata imprecai.

«Fabrizio!».

30
Racconto di Fabrizio Corsaro

«La storia è lunga. E io la conosco solo in parte. Ma è vera, al mille per mille. Le due vecchie tenevano in pugno Realmonte. Tanti anni fa, il dottore fu accusato di molestie, o di violenza sessuale, qualcosa del genere, da una minorenne. La Rampazzo era presidente di un'associazione che gestiva questa struttura che faceva volontariato in un qualche quartiere povero. La Caruso era il factotum, aveva in mano tutto lei. C'era anche un ambulatorio, e Realmonte, che era giovane allora, ci lavorava. Parliamo davvero di una vita fa. Da quello che mi raccontarono, le accuse avevano qualcosa di fondato. Ma il marito della Rampazzo era un pezzo grossissimo; aveva agganci in procura e non solo, e tutto fu messo a tacere, anche comprando il silenzio della ragazzina, per evitare lo scandalo».

Non interruppi La Malfa, ascoltando tutta la storia che già conoscevo. Ma quando il fisioterapista si fermò, lo spronai ad andare oltre.

«E il ricatto? Lei ha parlato di ricatto».

«Ma non lo capisce? Le due vecchie conoscevano il segreto, lo potevano rovinare. Quello rimase in una condizione di debito eterno verso entrambe, soprattutto con Lilla. Ma lei e la Caruso erano come una cosa sola. Ad ogni capriccio delle due, lui correva a casa loro come uno schiavo. Ha fatto così per tutta la vita. Ma che cosa crede, che tutti i medici di famiglia siano così servizievoli? Che tutti volino di gran carriera a casa di una vecchietta solo perché ha avuto la febbre? Ma che film s'è visto, signor Corsaro?».

Dottore Corsaro, per te. Ma lasciai correre.

«A lei queste cose chi le ha riferite?»

«Tutte e due. A pezzetti. Avevano un debole per me, come molte donne del resto».

Che coglione. Proprio un metro e ottanta di testicolo antropomorfo.

«E cosa le disse la signora Rampazzo?»

«Che Realmonte era il suo soldatino. E i soldatini obbediscono. Una cosa del genere. Quando le chiesi che cosa intendesse, mi rispose che erano storie vecchie e che io ero troppo giovane per poterle conoscere. La chiuse là. E una volta, chiacchierando con la Caruso, le riferii quelle parole. La signora Enza di norma era meno incline a confidenze ma le scappò qualcosa. Accennò solo al fatto che si trattava di una vicenda dolorosa da non rivangare perché di mezzo c'era una morta e che la sua amica si era sicuramente espressa male. Mi incuriosii ancora di più. E così scoprii dalla Caruso che la ragazza al centro dello scandalo si era poi tolta la vita qualche anno dopo. In un'altra chiacchierata con la Rampazzo, quando le feci intendere che ormai avevo nozione della faccenda, lei mi raccontò sommariamente la vicenda. E credo che Zofia fosse presente. Almeno mi pare».

Questo era un dettaglio interessante in grado di collegare la polacca al dottore.

«Le pare, o era presente?»

«Mi pare proprio di sì. Sono cose accadute tempo fa e lì per lì non pensavo che sarebbero state così importanti».

«Perché lei ritiene che siano importanti?».

La Malfa mi squadrò serio. E nel rispondere la prese alquanto larga.

«Lei sa molto di questa inchiesta, l'ho capito leggendo i suoi articoli sul sito del suo giornale».

Gratis, ovviamente. Figurarsi.

«Indago. È il mio lavoro».

«Se la polizia ha messo sotto torchio Realmonte un motivo ci sarà. Lei ha parlato di nuove prove».

«Evidentemente qualcosa legata a Zofia ha indirizzato gli inquirenti».

«Qualcosa del tipo? Uno scritto? Un diario?».

Ehi, giovanotto, che vuoi farmi l'intervista tu?

«Ma perché mi sta facendo queste domande?», feci io guardandolo in tralice.

La Malfa se ne avvide e si ritrasse, con un movimento ben visibile.

«No, è solo che io ho questo ricordo di Zofia. Stava spesso con una penna in mano. Aveva sempre un libro, amava leggere e dentro teneva qualcosa, dei fogli, non so cosa. E sottolineava i libri. Con la penna, che scempio».

Lei almeno li leggeva. Ma quel dettaglio era interessante. E il mio intuito mi fece immaginare che *i fogli o non so cosa* che Zofia teneva dentro il libro che leggeva potessero essere in realtà quella lettera tutta sgualcita della amata nonna. Chissà magari era l'ultima missiva dell'ava e lei ci era affezionata e se la portava sempre dietro. La busta era così vissuta, così tanto più rispetto alle altre, che quella era una possibilità. E magari quell'appunto la polacca lo aveva preso di getto, sul momento, scrivendo sulla prima cosa che aveva sottomano, quella busta. Chissà, poteva essere andata così.

«Quindi secondo lei potrebbe essere qualcosa che Zofia ha scritto ad aver messo gli inquirenti sulle tracce del medico?», feci al curiosone, mantenendo il tono antipatico di prima.

«Non ne ho idea, è un'ipotesi. Ma non sono neanche affari miei, a dirla tutta».

Ecco, bravo, l'hai detto.

«E allora torniamo alla mia domanda di prima a cui lei non ha risposto. Perché ritiene che quanto mi ha raccontato sia importante?»

«Perché, non lo è? Un segreto sepolto per decenni, con una ragazza che si è uccisa. Le due custodi di questo segreto ora sono morte entrambe di vecchiaia ma una persona che probabilmente ne era venuta a conoscenza, Zofia, è stata ammazzata in quel modo. A me sembra che sia una cosa importante. Poi, se non le interessa…».

«Non ho detto che non mi interessa. Volevo solo capire il suo punto di vista. Quindi, se ho compreso bene, per lei il fatto che Zofia abbia scoperto quella storia del passato potrebbe esserle costato la vita. In che modo? Pensa che la polacca abbia provato a ricattare Realmonte?».

La Malfa fece spallucce.

«Ah, questo non lo so. Non voglio infangare la memoria di una morta».

Marek Watroba, il polacco gigante, insospettabile *tombeur des femmes*, parlandomi di Zofia in occasione del nostro primo incontro mi aveva detto che la sua connazionale *spendeva* picca*, poco, voleva risparmiare tutti i soldi che poteva.* E che *era un po' tirchia*. Un ritratto, magari inclemente, che in effetti poteva calzare a una ricattatrice.

Tirai fuori il cellulare per vedere che ora s'era fatta. Mi accorsi che non c'era campo.

«Qui non prende quasi mai, mi dispiace», fece La Malfa notando la mia espressione contrariata.

«Brutta storia», dissi.

«Sì, è un problema di ripetitore ma…».

«No, intendevo la storia della polacca».

«Sì, mi dispiace molto per quello che sta succedendo. E sarebbe brutto se ci andasse di mezzo la famiglia Rampazzo, loro non c'entrano niente».

«Perché dovrebbero andarci di mezzo?»

«Lo sa com'è. Quando questi indagano cominciano a mettere microspie dappertutto, a sospettare di tutti. E magari ci vanno di mezzo persone perbene come i figli della signora Rampazzo».

«Non credo che a nessuno interessi di loro».

La Malfa annuì, compiaciuto.

«Sono brave persone. Anche la signora lo era. Certo, parlava tanto, alle volte faceva venire il mal di testa. E si lamentava sempre di tutto, a cominciare dal figlio».

Questo me lo avevano detto anche altri. Immaginai la buonanima di Lilla Rampazzo come una rompicoglioni di proporzioni bibliche. E mi parve di risentire la parlata dall'accento polacco della povera Kasia Nowak, che me la raccontava a modo suo, il giorno del nostro primo incontro.

Diceva che figli non si occupavano di casa, di tomba di famiglia che era piena, della campagna, perché hanno un terreno non so dove… Insomma, lei era sempre scontenta di questi figli…

Praticamente mia madre in versione gamba rotta moltiplicata per cento, pensai. E mi tornò in mente anche tutta la storia che mi aveva raccontato mio fratello, quella della Rampazzo che diceva all'amica che il figlio la voleva ammazzare. E alla fine, la vecchia era morta davvero. Che l'avessero uccisa mi pareva comunque abbastanza fantasioso. Di certo, non lo si sarebbe mai scoperto, visto che l'avevano cremata e un'autopsia non si poteva più fare.

Ehi, un attimo…

Sobbalzai. Qualcosa aveva preso a frullarmi per la

testa. Tirai fuori una sigaretta. Fumavo poco da quando avevo il bambino. Ma in quel momento ne sentii il bisogno.

«Posso?», chiesi educato.

«Prego. Le prendo un posacenere».

Si alzò. Ma non lo degnai di uno sguardo. Stavo seguendo i miei pensieri. Mi accorsi di avere il respiro pesante, quasi affannato, come uno nel pieno d'un amplesso memorabile.

Perché Lilla Rampazzo si lamentava della tomba di famiglia che era piena se voleva farsi cremare? Che cazzo gliene poteva fottere alla vecchia di un loculo in più o in meno, se dopo il decesso lei avrebbe occupato lo spazio di un vasetto? Ma voleva davvero farsi cremare la buonanima, o qualcuno aveva deciso così proprio per scongiurare il rischio di un'autopsia? Non ci avevo riflettuto fino ad allora.

Rapito dai miei pensieri, senza accorgermene, ne dissi un pezzo ad alta voce.

«L'hanno cremata».

Il fisioterapista, di ritorno con un posacenere in mano, mi squadrò perplesso.

«Non ho capito».

«Niente, mi scusi, parlavo della signora Rampazzo».

«È stata cremata?»

«Sì».

«E quindi?»

«Le aveva mai sentito dire che voleva essere cremata?».

La Malfa mi guardò con un'aria interrogativa.

«Io… non mi ricordo… forse sì, non saprei. Perché?»

«Perché non torna».

Il fisioterapista mi osservò muto. E perplesso.

«Mi scusi, mi rendo conto che non le ho offerto niente. Che maleducato. Ho poca roba qui, ma c'è un amaro buono. Le va?».

A quell'ora? Era una proposta indecente, come il proponente del resto. Ma giacché avevo la bocca asciutta e la gola secca dopo quella sigaretta, accettai. Giusto un sorso prima di togliere il disturbo, mi dissi, ragionando sulla prossima mossa da fare.

La Malfa rientrò con i bicchieri in cui aveva già versato l'amaro. Portai il mio alla bocca quando un rumore improvviso mi fece sobbalzare.

31
Racconto di Roberto Corsaro

Provai a chiamare mio fratello dal bar. Mi rispose una voce registrata, non era raggiungibile. Pagai e di corsa andai a recuperare la macchina. Continuavo a telefonargli ogni minuto, niente da fare. Montai in auto e in tutta fretta partii, con l'affanno e un vortice di cattivi pensieri in testa.

Zofia Kowalska aveva visto, con ogni probabilità senza essere notata, *il dottore* con il bicchiere in mano prima della morte di Lilla Rampazzo. E tutti avevamo pensato che *il dottore* fosse Realmonte. Ma la polacca, a quanto avevo capito, chiamava così anche un'altra persona. Perché il dottore *molto bello* che secondo la donna aveva fatto girare la testa alla figlia della defunta non poteva essere l'anziano medico della mutua. Fabrizio al telefono quando mi aveva chiesto le indicazioni per Croceverde Giardina aveva detto di essere stato convocato da questo La Malfa, *il fisioterapista bonazzo che andava a casa delle vecchiette*, lo aveva definito mio fratello con una delle sue solite frasi sopra le righe. Mentre mandavo giù il succo di frutta quelle parole mi erano tornate in mente, facendomi quasi strozzare. Un *fisioterapista bonazzo* poteva essere il *dottore bello* di cui mi aveva parlato poco prima Faustyna Kowalska? E se la passioncella della figlia di Lilla, di cui si era accorta la badante, fosse stata qualcosa di più? Se fosse stata una relazione? Il giorno della morte della Rampazzo, lo ricordavo bene, la figlia Alessandra era in Veneto. Ma il fisioterapista era tra le persone che erano state in quella casa, ne avevamo parlato con Fabrizio. Che ora veniva misteriosamente convocato proprio da lui. Perché?

Cercavo di svicolarmi nel traffico delirante del centro e intanto continuavo a chiamare mio fratello. Provai a inviargli un vocale su Whatsapp.

«Guarda che il dottore col bicchiere in mano potrebbe essere questo La Malfa e non Realmonte. Tieni gli occhi aperti», stavo quasi gridando queste parole, agitato mentre ero imprigionato in una colonna di macchine in via Volturno. Notai che non appariva la doppia spunta. Fermo per com'ero glielo scrissi anche, nel caso in cui non potesse ascoltare il messaggio. Ma anche quell'invio ebbe lo stesso destino. Intanto si andava a passo d'uomo. Cercai il numero di Nino Kapanadze e la chiamai. Al sesto squillo la georgiana rispose.

«Avvocato».

«Signora, mi scusi il disturbo, devo chiederle una cosa».

«Sta bene?», mi chiese. In effetti avevo un tono di voce alterato e ansimavo come un disperato.

«No, ma non si preoccupi. Senta, Alessio La Malfa...».

«Sì».

«Come lo chiamavate?»

«In che senso?»

«Lei come lo chiamava?»

«Alessio. Perché? Che significa?»

«E Zofia? Come lo chiamava Zofia?»

«E che ne so».

«Lo chiamava *dottore*?»

«Forse sì, lui *è* dottore, una specie». E sottolineò la copula.

Certo, sicuro, così doveva essere. Suonai il clacson per scuotere dal torpore un anziano che mi stava davanti alla guida di una Seicento con una trentina d'anni di carriera alle spalle.

«Signora, mi dica una cosa. Lei non me lo ha voluto raccontare ma adesso deve rispondermi con la verità. Lei parlò con Zofia dei dubbi di Enza Caruso sulla morte di Lilla?»

«Io... non ho capito».

Alzai la voce, esasperato.

«Lei disse a Zofia che la signora Caruso pensava che la sua amica Lilla fosse stata uccisa?».

La donna dell'Est rimase muta.

«La prego, me lo dica».

«Io...».

Gridai.

«È importante, Nino!».

E infine la badante rispose, con un filo di voce densa di vergogna.

«Sì, parlammo. Anche lei credeva così».

«Cazzo!», mi scappò.

«Avvocato!», protestò lei.

«Signora, c'è dell'altro che non mi ha detto? È una cosa seria, qualcun altro potrebbe essere in pericolo. Chi altro sapeva di quello che diceva Enza Caruso?»

«Non lo so... io credo...».

«Chi?», gridai con gli occhi fuori dalle orbite, mentre riuscivo a liberarmi della Seicento e a infilarmi in via Cavour, zigzagando tra imbranati che cercavano parcheggio e macchine in doppia fila.

«Io credo che lei lo ha detto a signora Alessandra».

«Ad Alessandra Rampazzo?»

«Sì, ho sentito solo un pezzo di conversazione. Poi signora Enza non ha voluto dirmi. Ma io ho sentito che parlava di questo con Alessandra».

Tutto tornava. Tutto si incastrava.

«Doveva dirmelo prima», ringhiai alla georgiana e chiusi la comunicazione senza salutare.

Con una manovra azzardata mi infilai nella rotonda di Piazza XIII Vittime e presi la via del mare. Lì, contro ogni pronostico, si procedeva, seppur piano. Continuavo a chiamare Fabrizio, invano. Arrivati a Sant'Erasmo il traffico si fece meno denso e buttai il cellulare sul posto del passeggero per concentrarmi sulla strada, avevo paura di sbagliare. Cortile Rappana era l'indirizzo che cercava Fabrizio. Bisognava orientarsi col navigatore, ma c'era tempo, intanto dovevo avvicinarmi a Croceverde, mi dissi. Arrivai a Romagnolo correndo per quanto si poteva e dopo il San Paolo Palace svoltai a destra in via Cappello. Salii fino a San Giovanni dei Lebbrosi e mi infilai in Corso dei Mille tagliando la strada a un Suv, udendo nitidamente gli apprezzamenti del conducente in merito alla moralità di quella santa donna di mia madre. Svoltai in via Conte Federico e lì, rischiando di ammazzarmi, digitai la mia destinazione sul cellulare. Dieci minuti ancora, mi disse Google. Imprecai con parole irripetibili. Almeno era tutto dritto, non c'era da concentrarsi troppo sul percorso per un bel pezzo. Attraversai quella parte di città, una di quelle dove non passi per caso, devi andarci apposta, puoi stare una vita a Palermo senza finirci mai. Arrivai al castello di Maredolce, ero vicino, non provavo più a telefonare. Finalmente, con il cuore che mi scoppiava nel petto, arrivai a Ciaculli e da lì nella piccola borgata di Croceverde. Giunsi a destinazione e vidi l'auto di Fabrizio parcheggiata accanto a una Panda, davanti a una villetta più modesta rispetto a certi villoni che avevo notato in zona. Mio fratello dunque era lì. E perché non rispondeva al telefono? Presi il cellulare in mano. C'era pochissimo campo. Un brutto presentimento mi suggerì di contattare Agatino

Barresi, il poliziotto amico di mio fratello che già avevamo incrociato in precedenti disavventure. Telefonai ma nessuno rispose. Gli inviai un vocale, allora.

«Sono l'avvocato Corsaro, fratello di Fabrizio. Volevo sentirla. Mio fratello si trova in Cortile Rappana, 4, a Croceverde. Non mi risponde e sono preoccupato per lui. Può richiamarmi appena le è possibile?».

Infilai il cellulare in tasca e suonai al citofono accanto al cancelletto.

La prima volta nessuno rispose. E allora pigiai più a lungo, con insistenza. Mi appoggiai avvilito al cancelletto che si aprì da solo. Mi lanciai come una furia verso la porta di ingresso, che a quel punto, con mia sorpresa, lentamente si aprì prima che arrivassi a bussare.

32
Racconto di Fabrizio Corsaro

Un rumore gracchiante e sgradevole mi fece sussultare. Era il citofono, uno di quelli vecchio stile. Anche La Malfa trasalì. Notai la sorpresa nei suoi occhi. Ma non accennò a muoversi.

«Non risponde?», domandai ancora col bicchiere in mano.

«Non aspetto nessuno, sarà pubblicità, qualche scocciatore. O magari i testimoni di Geova».

«Pure qua arrivano?».

La Malfa si produsse in un sorriso tirato.

Il citofono suonò di nuovo. Una pernacchia sonora e prolungata. Poi, dopo un breve silenzio, ancora e poi ancora.

«Forse dovrebbe vedere chi è».

Il mio ospite s'alzò, innervosito. Andò alla porta e lentamente la aprì. Tre secondi dopo udii con mia sorpresa la voce di mio fratello che mi chiamava per nome.

Lo vidi apparire trafelato, pareva stesse per collassare da un momento all'altro, cosa più o meno normale per lui.

«Ma lei chi è?», sentii dire a La Malfa.

A me la scena suscitò una risata. Portai il bicchiere d'amaro alla bocca per bere alla salute di quello svitato di Roberto. Ma a quello, appena mi vide, quasi uscirono fuori gli occhi dalle orbite.

«Non bere niente, coglione!», gridò come un ossesso.

Sputai l'amaro come in una scena scadente di qualche cinepanettone. E mi sporcai pure, mannaggia a lui.

La Malfa accigliato si chiuse la porta alle spalle.
«Vuole spiegarmi lei chi è e che cosa vuole?».
Risposi io.
«È mio fratello».
Roberto prese fiato. Era paonazzo, temetti che davvero mi svenisse davanti. Mi alzai.
«E che ci fa qua?».
Roberto, con voce affannata, si rivolse a me.
«Il *dottore* è lui. Non quell'altro. È lui».
«Oh cazzo», dissi con un filo di voce, guardando il bicchiere davanti a me.
«Ma che sta blaterando?», protestò il fisioterapista.
Roberto mi guardò.
«Che ti ha detto questo signore? Ammesso che volesse dirti qualcosa. O magari voleva sapere lui qualcosa da te».
Ripensai alla conversazione con La Malfa. A tutte le sue domande. Alla sua curiosità. Roberto aveva centrato nel segno.
«Il signore in effetti ha l'indole dell'intervistatore», dissi.
Roberto guardò dritto negli occhi il fisioterapista.
«Lei è stato a casa di Lilla Rampazzo il giorno della sua morte».
«E con ciò?».
Se *il dottore* era lui, come aveva appena detto Roberto, Zofia lo aveva visto armeggiare con un bicchiere, come aveva scritto su quella busta.
«E con ciò qualcuno l'ha vista fare qualcosa di strano», mi inserii io.
«Ma di che cazzo state farneticando? Fuori da casa mia, mi sono rotto i coglioni adesso».
Il viso del fisioterapista si era trasfigurato. Digrignava i denti come una belva. La maschera del seduttore

piacione era caduta, c'era qualcosa di lupigno nel suo sguardo.

«Qualcuno che pensava che lei se la intendesse con la figlia della signora Rampazzo», aggiunse Roberto a quanto avevo detto io.

Questo era il pezzo di informazione che mi mancava. Mi chiesi come avesse fatto mio fratello ad apprenderla. Lo guardai con un'espressione interrogativa.

«Poi ti spiego», fece lui, non intendendo menzionare Faustyna Kowalska e la sua rivelazione davanti a La Malfa.

Ci stava. Eccome se ci stava. Intendo che il Brad Pitt di Croceverde avesse fatto colpo sulla bella ex *femme fatale*. L'unica persona, insieme al fratello, che ci guadagnava dalla morte della madre.

Roberto prese la parola e come se stesse pronunciando una delle sue arringhe sputò fuori tutto o quasi, guardando La Malfa dritto negli occhi.

«I soldi della vecchietta vi facevano gola e l'avete fatta fuori. Ma qualcuno vi ha smascherati. Due donne. Morte entrambe. Una, Zofia, la aveva vista. L'altra, la signora Enza, aveva capito. E tutte e due sono andate a parlare alla persona sbagliata. Di Enza lo so per certo, di Zofia l'ho intuito».

«Ma di cosa parla? Né Zofia né la signora Caruso hanno mai parlato con me della morte di Lilla Rampazzo».

«Non con lei. Con la sua amante. Con cui avevate pianificato tutto per i soldi dell'eredità. Alessandra Rampazzo l'ha usata, un'ottima trovata. Fare ammazzare sua madre mentre lei era a millecinquecento chilometri di distanza in Veneto».

Interruppi il mio avvocato e mi inserii.

«E poi la stessa figlia l'ha fatta cremare. Ma Lilla Rampazzo non aveva mai manifestato questa intenzione; anzi, si lamentava che la tomba di famiglia fosse piena. Perché lì voleva essere tumulata. Ma bruciando il suo corpo si è eliminato il rischio che a qualcuno venisse in mente di capirci qualcosa di più di quella morte».

Roberto annuì e riprese a parlare.

«Tutto era filato liscio. Nessuno si insospettisce se una signora anziana e sofferente si sente male e muore all'improvviso. Succede e non si va troppo per il sottile a indagare. Zofia però intuisce qualcosa. E commette un errore madornale: ne parla ad Alessandra. Forse è stata una ingenua confidenza, o forse un tentativo di ricatto; questo non posso saperlo. Ma le costa la vita. Voi due avete deciso di farla fuori. Lei l'ha aspettata davanti casa quella domenica, è entrato insieme alla polacca e l'ha ammazzata. Fisicamente la sovrastava, non sarà stato difficile. Per sviare le indagini ha simulato una violenza sessuale, forse voleva cercare delle prove a casa di lei, ma l'arrivo di Kasia l'ha spinta a scappare. Scommetto che battendo a tappeto tutte le telecamere, anche quelle un po' più lontane, una traccia del suo passaggio verrà fuori; e che quell'impronta di scarpa a casa delle polacche, quella che non coincideva con Marek Watroba, combacerà con il suo piede. Povera donna».

Il fisioterapista ringhiò a denti stretti. Mi parve di afferrare due parole in quel verso di rabbia: "buttana ricattatrice". Roberto però aveva ripreso a parlare.

«Avete rischiato grosso con Zofia, ma non avevate scelta. Poi, però, è arrivata quella vecchietta impicciona, Enza. Era convinta che fosse il figlio di Lilla a entrarci qualcosa con la morte dell'amica. E siccome lo detestava ma aveva un debole per Alessandra, ha avuto la pessima pensata di farsi sfuggire qualcosa con lei, la figlia che Enza invece apprezzava. Ora, io non so con cosa avete ammazzato Lilla Rampazzo. Ma ho un'idea abbastanza precisa su come la sua complice abbia ucciso Enza Caruso».

Si voltò verso di me e indicò il mio bicchiere con un cenno del capo.

«Che cosa ti ha offerto? Un amaro?»

«E questa come la sai, Perry Mason?», chiesi.

«Perché nell'amaro si può confondere il sapore del cianuro che sa di mandorle amare».

«Ma lei è un pazzo», gridò il fisioterapista.

Roberto si voltò verso di lui.

«Col cianuro l'avete ammazzata Enza Caruso. Dolcetti alle mandorle. Frutta di *martorana* mi pare di ricordare. La badante georgiana mi ha riferito che esortò Alessandra Rampazzo a portarli via. Ma racconta anche che la signora Enza fosse golosissima. E mi gioco i gioielli che Alessandra gliene abbia dato uno di nascosto. Quello che fu sufficiente a ucciderla. Non sono un esperto di veleni ma con il cianuro si muore rapidamente dopo l'ingestione. Ed Enza Caruso è morta poco dopo la visita di Alessandra. Mentre Lilla Rampazzo morì qualche ora dopo che lei le versò qualcosa nel bicchiere».

«Lilla aveva avuto il Covid, me lo hanno raccontato i figli, e aveva perso temporaneamente gusto e olfatto, non ha fiutato il pericolo bevendo», dissi io.

Roberto tornò a rivolgersi al nostro ospite.

«Forse lì avete usato qualcosa di diverso, magari dei medicinali: lei lavora in ospedale, potrebbe esserseli procurati lì».

Mi schiaffai una mano sulla fronte.

«Il ladro di farmaci dell'articolo di Pippo Nocera! Non fu al Cervello?».

La Malfa non proferì parola, ma i suoi occhi brillarono d'un lampo ferino.

«Furto di farmaci?», chiese Roberto.

«Sì, hanno arrestato un tizio che lavora all'ospedale Cervello l'altro giorno. Tiro a indovinare, secondo me è un signore che il nostro amico qui conosce bene. Come si chiamava quel gentiluomo con cui ti ho visto parlare? Cortese, mi pare. Scommettiamo che è lui il dipendente arrestato?».

La Malfa esitò per un attimo. Mi avvicinai a lui.

«Mi hai fatto venire qua con la scusa di raccontarmi la storia del dottore per buttargli sopra un altro macigno e incastrarlo definitivamente. Ma nel frattempo hai cercato di tastare il terreno e vedere se sapessi qualcosa che poteva condurre ad Alessandra e a te. Poi, quando mi è scappata dalla bocca la cosa della cremazione, hai mangiato la foglia e hai provato a fare fuori pure me, pezzo di merda».

Fu una scheggia, neanche lo vidi partire il colpo. Un cazzotto che mi prese sul mento e mi fece cadere all'indietro. La Malfa mi voltò le spalle e scattò verso la porta. Roberto, goffo e maldestro per com'è, gli si buttò addosso, come un sacco di patate. Riuscì comunque a rallentarlo.

Io, con la testa che mi stava per esplodere dopo quel colpo subito, misi da parte il dolore anche grazie all'adrenalina del momento, e mi lanciai sui due. Riuscii a salire addosso a La Malfa, che era un uomo in grande forma fisica, e pur beccandomi un paio di colpi al corpo, anche grazie all'aiuto di quell'impiastro di mio fratello, riuscii a immobilizzare il fisioterapista, bloccandolo a pancia sotto a terra, torcendogli il braccio dietro la schiena. Sembrava un incontro di wrestling ma ci si faceva male davvero.

«Ho chiamato Barresi, non mi ha risposto», mi disse mio fratello col fiatone. Si toccava il petto, le aveva prese pure lui nella colluttazione.

«Barresi l'hanno operato d'appendicite! Ha altro a cui pensare», gli risposi ansimando, mentre il fisioterapista sotto di me cercava di divincolarsi e urlava di dolore.

Roberto prese il telefono in mano.

«Qua non c'è campo, esci fuori e chiama il 112», gli dissi.

La voce alle nostre spalle fece sobbalzare entrambi.

«Fermo, non ti muovere!».

Alessandra Rampazzo era sbucata nello stanzone, lì da dove La Malfa era apparso con l'amaro. Impugnava una pistola che stava puntando su mio fratello, a cui era molto vicina.

«Stiamo calmi», disse Roberto.

«Stai zitto, testa di cazzo», gridò la manager con la pistola. I suoi occhi azzurri erano gelidi, traboccavano di una furia feroce da Erinni. C'era da averne paura, era pur sempre una che aveva ammazzato sua madre, riflettei guardandola. Lei ricambiò lo sguardo per un attimo, continuando però a tenere l'arma puntata su mio fratello.

«Lascialo subito», mi ordinò, tornando poi a tenere d'occhio Roberto.

«Sennò che fai, pistolera?», risposi io.

«Fabrì...», balbettò Roberto.

«È un giocattolo, Roberto. Non è vera».

«Ora ammazzo questo stronzo e vediamo se è un giocattolo», ringhiò Alessandra, urlando come un'isterica e puntando sempre l'arma su Roberto. Il suo accento settentrionale era evaporato in quel frangente.

La sfidai.

«E spara, dai. Cosa esce, la bandierina? O la fiamma per accendere il gas?»

«Fabrizio, ora basta», fece Roberto, con la fronte imperlata di sudore.

«È un giocattolo, ti dico».

«Scappa, Ale», urlò a quel punto La Malfa, che si agitava sotto di me.

La donna puntò la porta con uno scatto improvviso. Riuscì ad aprirla ma Roberto la acchiappò per la giacca del suo tailleur. E fu allora che lui e Alessandra videro le due volanti della polizia arrivare sgommando. A quel punto, la signora Rampazzo buttò la pistola a terra e si fermò. Un poliziotto raccolse l'arma e rivolgendosi a una collega le disse che era finta. Nel frattempo, La Malfa, approfittando del trambusto e della mia distrazione era riuscito a divincolarsi ma quando si mise in piedi e tentò di sgattaiolare, un agente lo acciuffò fermando la sua corsa. Nel giro di dieci minuti la casa si riempì di divise. E la stradina si affollò di curiosi. Alla fine, si unì alla festa anche Carolina Morgano, trafelata.

«Che cazzo hai combinato, Corsaro, si può sapere?», mi aggredì, fissandomi con due occhi di brace.

«Ti abbiamo preso due triplici omicidi, facciamo che mi ringrazi con calma», risposi spavaldo.

«Vieni, scimunito, che dobbiamo parlare. Devi ringraziare Barresi, che ha mandato quelli delle volanti sentendo il messaggio di tuo fratello. È incazzato nero, sappilo».

«Siete sempre incazzati voi sbirri?», risposi. Lei a quel punto uscì fuori. Stavo per seguirla, quando mio fratello mi afferrò per un braccio.

«Come hai fatto a capire che la pistola era finta? Poteva sembrare vera».

«E che ne so, mi pareva strano che una così avesse la pistola. E poi avevo notato dei giocattoli per casa».

«Cioè, mi stai dicendo che non eri certo che fosse finta e che hai corso il rischio di farmi sparare?»

«Oh quanto sei schifosamente attaccato alla tua pellaccia, Bambino».

«Sei una grandissima testa di minchia. Dovevo lasciartelo bere quell'amaro», fece lui inviperito.

E, volendo essere pignoli, non è che avesse proprio tutti i torti.

33
Racconto di Roberto Corsaro

Alessandra Rampazzo e il suo aitante amichetto negarono ogni responsabilità. Ma l'indagine progressivamente acquisì una serie di elementi a loro carico. A partire dalla salma di Enza Caruso: venne riesumata e si procedette all'autopsia. E lì si scoprirono cose assai interessanti.

Perché, sì, a uccidere la povera signora che il pomeriggio del primo dicembre aveva fatto irruzione al mio studio, era stato il cianuro. Una dose letale, trecento milligrammi. Ma nel corpo furono riscontrate anche dosi sospette di Midazolam, una benzodiazepina, e Sevoflurano, un anestetico. Gli inquirenti ipotizzarono che vi fosse stato un primo tentativo di ucciderla, forse il giorno di Santa Lucia, quando La Malfa era stato a casa sua, o prima ancora. I famosi problemi di stomaco da arancine della povera Enza sarebbero stati dovuti in realtà a questo tentativo omicidiario non andato in porto. A brevissima distanza, Alessandra Rampazzo avrebbe optato per il cianuro, per andare sul sicuro, avvelenando i dolcetti alle mandorle. Il cianuro si trovava in un diserbante di cui vennero trovate abbondanti tracce nel giardino della villetta di La Malfa a Croceverde.

Forte era il sospetto che quegli altri due farmaci fossero stati utilizzati dalla coppia di amanti diabolici per far fuori Lilla Rampazzo. Sia il Midazolam, sia il Sevoflurano, erano infatti tra i medicinali rubati da questo Francesco Paolo Cortese, ausiliario del Cervello, che si trincerava dietro un silenzio di tomba circa suoi eventuali traffici con il fisioterapista. Ma le analisi dei tabulati e dei messaggi rivelò che tra l'impiegato infedele e il bel La Malfa vi fossero stati frequenti contatti, che si erano intensificati in prossimità del furto. E che coincidevano con prelievi di denaro contante da parte di La Malfa e della Rampazzo. La pm Ferranti nella richiesta di rinvio a giudizio fece notare la finezza dei due assassini nello scegliere le sostanze con cui verosimilmente Alessandra aveva ucciso la madre, con la complicità dell'amante, e aveva cercato di ammazzare anche Enza. Infatti, la benzodiazepina è un farmaco usato come anestetico prima di un intervento chirurgico. I due, nell'ipotesi remota in cui a qualcuno fosse saltato in mente di fare chiarezza sulla morte della Rampazzo prima della cremazione, avevano scelto una sostanza la cui presenza nel corpo si sarebbe potuta addebitare all'intervento chirurgico subito da Lilla. Che, ammise interrogato Stefano Rampazzo, in effetti non aveva mai parlato a nessuno, se non ad Alessandra, o per lo meno così lei aveva sostenuto, del suo desiderio di essere cremata.

Si scoprì anche dell'altro. Le prime paturnie circa un tentativo di farla fuori, erano state condivise con Enza Caruso da Lilla Rampazzo alcuni mesi prima della sua morte, come mi aveva raccontato Nino. Si ricostruì, grazie al figlio Stefano, che il malessere che aveva fatto scattare quella paura in Lilla si era verificato ai primi di settembre. E che quell'episodio coincidesse con il periodo di un primo ammanco di farmaci dal magazzino del Cervello. Insomma, era difficile, se non impossibile dimostrarlo, ma quando Lilla Rampazzo aveva detto all'amica che qualcuno la voleva far fuori, con ogni probabilità non farneticava affatto.

Quanto a Zofia Kowalska, l'esame delle immagini

delle telecamere rivelò il transito in zona a un orario compatibile col delitto, dell'automobile del fisioterapista. La misura del suo piede coincideva con quella dell'impronta trovata a casa di Zofia, anche se le scarpe corrispondenti non vennero mai trovate, probabilmente l'uomo se ne era disfatto. Le tracce incomplete di Dna trovate sulla scena del crimine furono ritenute compatibili con il suo. I tabulati rilevarono dei contatti tra la polacca e la figlia di Lilla Rampazzo, che li giustificò sostenendo che Zofia l'aveva chiamata solo per concordare un appuntamento per portare via la sua roba da casa. Ma Stefano Rampazzo, interrogato, disse che quegli accordi erano stati presi da lui con l'ex badante della madre, e non dalla sorella.

L'indagine appurò che Alessandra Rampazzo versava in gravi difficoltà economiche. L'azienda di cui era amministratrice e socia di maggioranza aveva accumulato pesanti debiti e irregolarità varie. Il corposo patrimonio della madre, che l'inchiesta valutò in circa tre milioni di euro tra beni immobili, mobili e denaro, le sarebbe tornato molto utile. E aveva esercitato un fascino sul bel fisioterapista che si era aggiunto a quello che l'avvenenza della manager siculo-veneta garantiva già di suo. I due, avvertendo che gli eventi rischiavano di precipitare, avevano preparato un piano di fuga per sparire dalla circolazione.

Virginia Guccione si fece un bel pianto quando apprese tutta la storia. Non riusciva a capacitarsi che Alessandra, la donna che la sua prozia aveva amato come una nipote, avesse potuto ucciderla con tanta gelida lucidità. Era un modo davvero brutale, pensai, perché quella giovane donna quasi bambina entrasse nel feroce mondo "dei grandi". La ragazza decise di costituirsi parte civile al processo. E anche quel degenerato di suo padre fece altrettanto, annusando la possibilità di intascare qualche soldo extra. Non mi chiese mai scusa né mai mi ringraziò per quello che avevo fatto. Non me ne crucciai più di tanto, lieto di avere aiutato quel gioiello di figlia che, Dio mi perdoni, lui non meritava. Aveva proprio ragione la buonanima: *dal letame nascono i fior.*

Marek Watroba era stato scagionato dalle accuse per la morte di Zofia ma si beccò il processo con l'accusa di omicidio volontario per la morte della povera Kasia Nowak. Come già detto, aveva raccontato tutto: sì, aveva avuto una fugace avventura con Zofia, che era rimasta incinta e che, malgrado una profonda crisi di coscienza legata alla sua religiosità, aveva poi abortito. Era stata questa travagliata decisione, per la quale non riusciva a perdonarsi, a provocare in lei negli ultimi tempi un profondo turbamento, che era stato notato da sua sorella Faustyna. Kasia aveva appreso di quella tresca e questo aveva posto fine alla relazione tra lei e Watroba. Lui era tornato alla carica, ma lei gli sembrava tormentata. E quando Marek aveva scoperto il messaggio di Fabrizio, in una notte in cui era riuscito a rientrare nel letto di lei, era scoppiata una discussione. Dopo una breve colluttazione, per attutire le grida di Kasia, l'energumeno le aveva messo una mano sulla bocca soffocandola. L'autopsia offriva riscontri a quella versione e il polacco puntò tutto su una condanna più mite, mancando l'aggravante della premeditazione.

Uscì di scena, invece, estraneo a ogni accusa, il dottor Manlio Realmonte. Lessi il suo necrologio sul quotidiano di mio fratello il giorno in cui Alessandra Rampazzo e Alessio La Malfa vennero rinviati a giudizio. Appresi che lo aveva stroncato un infarto. I suoi cari attribuivano quel decesso allo strazio provocato al suo cuore dalle accuse infamanti che gli erano state rivolte. Poteva anche essere, e non sarebbe stato certo né il primo né l'ultimo a morire di errori giudiziari dopo essere stato travolto dalla gogna mediatica.

I fatti di quella mattina mi lasciarono molto scosso. Non solo per la paura che mi ero preso, c'era capitato di peggio in passato con mio fratello. A turbarmi profondamente fu l'idea che una figlia potesse uccidere con un tale gelido distacco la propria madre, la donna che l'aveva messa al mondo e cresciuta, vista alla stregua di un salvadanaio da rompere per andare all'incasso. Non sapevo che madre fosse stata Lilla Rampazzo, magari non era stata un granché, ma questo pensiero non toglieva nulla al mio turbamento, anzi. Portava piuttosto con me una serie di domande su che genitore ero e in che modo i miei figli erano plasmati e condizionati dalle mie scelte. Questo genere di riflessioni e di interrogativi scomodi, mi ricondusse con la mente a mia madre. Se trovavo di certo diverse pecche al Roberto Corsaro padre, quel pomeriggio ne scorsi assai di più nel Roberto Corsaro figlio; e me ne vergognai tanto quanto avevo fatto qualche giorno prima ripensando alle mie mancanze verso Rebecca. Avvertii l'esigenza di andare a trovare mamma quel pomeriggio, di stare un po' con lei, di offrirle la vicinanza di cui aveva avuto bisogno in quel momento difficile, per fortuna finito, e che io, come Monica, mi aveva fatto notare, le avevo negato, distratto ed egoista per come ero. Prima, però, terminata una lunga trafila di verbali con i poliziotti, ero passato da casa, avevo stretto forte la mia adorata Monica e avevo baciato entrambi i miei figli. Per la maggior parte del tempo, i tesori che la vita ci affida ci stanno davanti senza che noi, distratti da insulsi dettagli, ne avvertiamo la portata. In quei rari momenti in cui li mettiamo a fuoco per quello che sono, assaporare quel senso pieno di felicità e di privilegio è un toccasana per la stanchezza del cuore.

Annullai i miei impegni pomeridiani e andai in quella che era stata la mia casa. Ma quando suonai alla porta, mi ritrovai davanti la faccia da schiaffi di mio fratello minore.

«Avvocato, quanto tempo», fece il teppistello sornione.

«È Roberto?», domandò mia madre dal soggiorno.

«Sì, mamma. Sono io». Era seduta sul divano, la TV accesa a volume basso e Nico accucciato vicino a lei. Aveva tolto finalmente il gesso, ma teneva a portata di mano ancora una stampella.

«Ciao», mi sorrise lei. Mi chinai e la baciai. E poi baciai il bambino.

«Come stai?», le chiesi.

«Benissimo. I miei due figli che si presentano a casa quasi in contemporanea e senza che gli abbia fatto mandare un'ingiunzione dal tribunale. Non è che sto morendo e non me lo volete dire?»

«Nonna, no!», protestò Nico abbracciandola.

«Scherzo, scherzo, tranquillo. Nonna sta bene. Sedetevi, ragazzi».

Ci accomodammo su due poltrone. Io giusto sotto la foto di papà incorniciata, accanto alla quale mamma teneva sempre delle piante fiorite.

«Com'è che sei qua tu?», mi chiese Fabrizio con una smorfia allusiva.

«Secondo me per lo stesso motivo per cui sei qua tu», gli risposi, ricambiando il suo sguardo. Lui annuì con un sorriso complice. Ci sapevamo a memoria.

«E quale sarebbe questo motivo, lo posso sapere?», chiese nostra madre, aggiustandosi un ciuffo dei suoi capelli candidi che le era caduto sulla faccia.

Fabrizio le sorrise.

«Ma niente mamma, lo sai che l'avvocato le spara sempre grosse. Volevamo vederti, tutto qua».

«Soprattutto io», fece Nico, abbracciandola di nuovo.

Mamma se la rise e lo strinse. Come forse aveva fatto con me bambino tre o quattro volte in tutta la vita. Si guardò la gamba, finalmente libera.

«Almeno questa *camurrìa* finì», disse facendosi forza, usando la parola palermitana per *scocciatura*.

Fabrizio la incoraggiò a suo modo.

«Finalmente, mamma. Però ora cerchiamo di non cadere più».

«Assolutamente. Non lo potete capire che significa ritrovare la libertà e soprattutto l'indipendenza. Non per quella Fatima, una brava donna, ma io ormai sono troppo abituata a stare sola. Tutto è bene quel che finisce bene. Il Signore affligge ma non abbandona», chiosò serafica, attingendo a uno dei suoi vecchi detti.

Feci un respiro profondo. Sentii nell'aria l'odore di lei, di cui quella stanza era piena. Mi traghettò verso un ricordo. In quella casa. Un secolo era passato. La prima notte senza papà, io e Fabrizio due bambini, anche se a me sulle gambe erano già spuntati i peli e un paio di volte mi ero fatto la barba, per la fretta di sentirmi grande. Dopo il via vai di parenti e amici, la porta di casa si era chiusa ed eravamo rimasti soltanto noi tre. Con un vuoto enorme che si poteva toccare e che non dava solo dolore ma metteva paura. Rividi quei due ragazzini sperduti e quella donna, allora giovane e molto bella, che attingendo a una misteriosa riserva di granitica forza, ci parlava del papà che avevamo perso con lo stesso tono rasserenante di quando da bambini ci leggeva le fiabe che a volte lei stessa inventava. E mi sembrò di risentire quella frase siciliana teologicamente strampalata, quella stessa che mamma aveva appena pronunciato, sul Signore che affligge ma non abbandona. Ero molto arrabbiato con Dio quel giorno di decenni fa, Fabrizio anche di più. Non mi consolò sentire quelle parole. Ma quella sera di tanti anni addietro, sul lettone pensai che in fondo, il Signore facesse un po' come gli pareva; io mi sarei accontentato che mamma, almeno lei, non mi abbandonasse. Era stata forse una forma di incosciente preghiera, chissà. Ma se così era, qualcuno doveva averla ascoltata.

Epilogo
Racconto di Fabrizio Corsaro

In un romanzo tempo addietro avevo letto una massima interessante, ossia che *la vecchiaia è brutta, ma è sempre meglio dell'alternativa*. Era proprio vero. Vero è anche che i pensieri che i genitori anziani ti danno possono essere un po' ingombranti ma sono nulla in confronto al dolore di cui la loro assenza, soprattutto se prematura, sa caricare la tua vita. Pensai questo e altro quel pomeriggio in cui, dopo tutta la brutta storia degli amanti assassini, mi venne voglia di vedere mamma. E che quell'uomo insopportabile ma probo che risponde al nome di Roberto Corsaro avesse avvertito il mio stesso bisogno mi fece pensare che forse ero cambiato davvero e che il ragazzaccio che per una vita si era ostinato a crescere il più lentamente possibile probabilmente stava per dichiarare la sua resa.

Restai a cena da mamma con Nico quella sera. Risposi in modo evasivo alle continue domande di lei sui segni che mi aveva lasciato sulla faccia la colluttazione con quel bastardo del fisioterapista, non volevo impressionare né lei né il bambino. Dormii pochissimo, tormentato da un unico pensiero, da cui nemmeno il ricordo del bacio di Giulia riuscì a distogliermi. Erano un paio di occhi chiari, che mi fissavano, colmi di terrore, facendo ripetute incursioni nei miei incubi di quella notte. L'indomani, dopo l'asilo, mi misi in contatto con il console polacco di Palermo. Lo andai a trovare e mi informai sulle procedure per la sepoltura di Kasia Nowak. Il ritorno in patria della salma aveva dei costi e anche per quella povera sventurata, come era stato per Zofia, la comunità dei connazionali, sconvolta da quei tragici fatti, si stava tassando. Lasciai al console onorario, un commercialista palermitano gioviale sulla cinquantina, un assegno che copriva la somma ancora necessaria per quell'ultimo viaggio e me ne andai via, ancora profondamente turbato per la sorte che era toccata a quella povera ragazza.

Avevo solo bisogno di essere abbracciato in quel momento. Conoscevo bene i segnali che la mia mente stava lanciando. Era un copione che mi era noto. Era il buio che bussava alla porta sotto forma di senso di colpa. Anni prima, per una parola di troppo che mi era sfuggita, avevo involontariamente decretato la morte di una ragazza, Eleonora si chiamava. Quella colpa era quella che di norma la mia mente bacata andava a ripescare più spesso quando la depressione bussava e mi ordinava di infliggermi pene da solo. La storia di Kasia aveva riacceso tutta quella luminaria di flagellazioni mentali.

Cercai Giulia, la trovai impegnata, stava moderando un noioso convegno di un sindacato. Ci scambiammo dei messaggi affettuosi promettendoci di trovare del tempo per noi soli, quello che ancora dopo quel bacio non avevamo avuto. Finì che me ne andai a Mondello. Era un giorno grigio, il cielo affollato di nuvole, un vento leggero di maestrale scuoteva il mare. Rimasi per un bel po' in silenzio a guardare l'orizzonte, sforzandomi di svuotare la mente mentre respiravo salsedine e male di vivere.

«Non è colpa mia, non ho fatto niente», mi ripetei più volte, pensando alla morte di Kasia. Ma non servì.

Infine, con un'ansia che mi sbranava la bocca dello stomaco, andai a prelevare Nico all'asilo.

«Finalmente, è tardi», protestò lui.

«Perché, hai degli appuntamenti?»

«Certo, mi aspetta Amira. Te lo sei scordato?».

Sì, con tutto il trambusto delle ventiquattr'ore precedenti l'avevo dimenticato. Gli avevo promesso di portarlo dalla figlia di Laura. E così feci. Guidando mi accorsi come i morsi della depressione continuassero a farsi sentire subdoli. La bestia è sempre lì in agguato e cerca di saltar fuori come un predatore spietato quando ti vede con la guardia abbassata. Laura se ne accorse.

«Senti, non ti dispiace se non mi fermo, vero? Vengo a riprendere Nicolae tra un paio d'ore».

«Che hai?», domandò lei, avvicinandosi per guardarmi meglio negli occhi.

«Niente, ieri ho avuto una giornata assurda che mi ha smosso una serie di pensieri, di ricordi e... oggi non mi sento un granché».

Mi stupii nel risponderle con tanta sincerità.

«Vuoi parlarne?», fece lei, facendosi ancora più vicina e allungando la destra per accarezzarmi il viso.

No, non volevo parlarne. Volevo solo piangere in quel momento. E forse gli occhi mi si inumidirono perché Laura mi squadrò con un'aria affranta, molto materna, e sussurrò un *no*. Poi la sua mano scivolò sui miei capelli, prese la mia nuca e avvicinò la mia faccia alla sua. Mi schioccò un piccolo bacio consolatorio tra il mento e l'angolo della bocca. La abbracciai e affondai la mia faccia nell'incavo del suo collo come un bambino, chiudendo gli occhi e sforzandomi di non singhiozzare. Quando li riaprii, mentre Laura mi dava un paio di cameratesche pacche sulla spalla, vidi Nico che ci osservava affascinato.

«E tu da dove sbuchi? Che c'è?», gli dissi staccandomi da Laura.

«Niente, niente», rispose lui con una risata discola e scappò via.

Ci scambiammo un'occhiata divertita con la mia amica prof, la ringraziai e tolsi il disturbo per andare a fare un po' di spesa, restando solo con i miei demoni.

Fu allora, mentre facevo la fila alla cassa del supermercato, che Giulia si fece sentire al telefono. Capì subito che non ero in forma smagliante. E avanzò la sua proposta.

«Ci vediamo? Io finisco prima delle otto stasera».

«Ho il bambino, non posso uscire».

«Potrei passare io da te. Dopo cena».

«Sarebbe bello. Ho tanta voglia di stare un po' con te».

«Anche io», sussurrò lei.

La giornata se ne andò via con quel pensiero a confortarmi. E quando verso le nove e un quarto Giulia apparve a casa mia, quel peso opprimente sullo stomaco finalmente evaporò. Si era truccata, quel poco che le bastava per sembrare un'attrice, con quel suo viso dai lineamenti regolari in cui spiccavano gli occhi grandi e luminosi. Non vedevo l'ora di stringerla e baciarla di nuovo. Sentivo che qualcosa di davvero importante stava cominciando e la desideravo molto.

Nico era già a letto, ma ancora sveglio. Giulia volle salutarlo. Si sedette ai piedi del suo lettino. Ci sapeva fare e tanto coi bambini. E non solo con loro.

«Tu hai figli?», le chiese il mio bambino.

«Una figlia. Ma è grande ormai».

«Grande come Amira?», chiese Nicolae.

«Non so quant'è grande Amira. La mia Alessia va al liceo».

«Amira va in seconda elementare, quasi al liceo».

Me la risi in silenzio, osservandoli.

«Ah, sì? Che brava. È una tua amica?»

«Sì, lei dice che sono il suo fratellino. Anzi, speriamo che diventiamo veramente fratello e sorella. Se Fabrizio sposa sua mamma, magari».

Giulia si girò verso di me.

«Hai capito? Ci sono dei piani su di te», fece con un'espressione che minacciava pericolo. Con un tono forse un po' troppo brusco mi rivolsi al bambino.

«Nico, non dire cose assurde. Nessuno si deve sposare, ora dormi, dai».

«Guarda che vi ho visto oggi che vi baciavate in bocca», protestò lui piccato.

«Ora basta, falla finita», lo zittii alzando la voce. Lui mi guardò storto e si mise un broncio di quelli destinati a durare.

«Avanti, ora si spegne la luce e si dorme. Di' buonanotte a Giulia».

Lui la salutò, nerissimo, e senza dire mezza parola a me si girò dall'altra parte, faccia al muro.

Uscimmo dalla sua stanza e andammo in soggiorno.

«I bambini! Cosa non si inventano», dissi cercando di salvarmi.

Giulia, con le braccia conserte, mi fissava in un minaccioso silenzio.

«Oh, ma mica gli avrai creduto? Lo sai come sono a quell'età, fantasticano su tutto».

Giulia annuì, immobile e accigliata.

Mi avvicinai a lei ma quando tentai di toccarla si ritrasse.

«Questa Amira è la figlia della famosa Laura?»

«Ma che importanza ha, Giulia? Non c'è niente...».

«Rispondimi», mi incalzò severissima.

«Sì, ma non è vero che...».

«Ascoltami, ora sta' zitto un attimo», mi interruppe ancora.

«Giulia, ti prego, cerchiamo di non andare appresso alle fantasie di un bambino piccolo».

Lei mi fermò con un cenno della mano. E parlò a voce bassa ma decisa.

«Ascoltami. Io con gli uomini ho collezionato tanti di quegli errori che bastano non per una ma per tre vite. Se c'è una cosa che ho capito quando quel disgraziato del padre di mia figlia mi ha mollato definitivamente quest'ultima volta è che non posso continuare a farmi del male. Ho già dato. E ne ho abbastanza. Quindi, ascolta Fabrizio, ci conosciamo da secoli, lavoriamo insieme, ne abbiamo passate quattro e in fondo credo che ci sia dell'affetto sincero tra noi. Non c'è motivo di rovesciare una vagonata di merda su tutto questo solo perché tu non riesci a tenere l'uccello in gabbia. Fallo volare altrove e lasciami tranquilla, per favore».

«Giulia, non parlare così, non è assolutamente come credi», protestai.

Ma lei aveva già afferrato il giubbotto. Mi piantai davanti alla porta di casa per non farla uscire.

«Per favore, non te ne andare. Lascia che ti spieghi».

«Ho passato una vita a sentire spiegazioni, Fabrizio. Anche basta».

E smarcandosi con un dribbling degno d'un numero dieci d'altri tempi, aprì la porta.

«Fermati», la supplicai afferrandole il braccio.

«Lasciami», disse seccamente, si liberò con uno strattone e uscì.

«Non è colpa mia se altri ti hanno ferito, io non ti ho fatto niente», le abbaiai dietro.

Lei non si voltò nemmeno e continuò a scendere giù per le scale.

«Non è colpa mia, non ho fatto niente», dissi ancora, ma più piano, quasi mormorando, immobile sulla soglia, mentre sentivo lo scatto del portone che si chiudeva. Non sapevo neanche io se quelle mie parole si riferivano a Giulia, a Kasia o a chissà cos'altro. So solo che avrei dovuto mollare tutto e inseguirla giù per quelle scale. E che invece rimasi lì, immobile, per un tempo infinito, arrendendomi alla bestia che tornava feroce a divorarmi.

Nota dell'autore e ringraziamenti

Questo romanzo è un'opera di fantasia. Ogni riferimento a fatti e persone reali è puramente casuale.

Le canzoni di Mogol e Battisti citate sono *Una donna per amico* ed *E penso a te*. Il verso *dal letame nascono i fior* è tratto da *Via del campo* di Fabrizio De André.

La frase sulla vecchiaia citata da Fabrizio nell'epilogo è tratta da *Falsa testimonianza*.

Grazie a Wiola Noga, che mi è stata enormemente preziosa per tutto ciò che di polacco c'è in questo romanzo. Grazie ad Annamaria Picozzi, Piergiorgio Di Cara, Dario Gallo, Mirko Piazza, Nuccia Albano e Vincenzo Lo Re per avere risposto alle mie domande. Grazie a Manlio Mattaliano che ne sa una più di Pippo Nocera. Grazie a Beppe Fiorello e a Paolo Briguglia per la telefonata dello yogurt e per tutto il resto. Grazie a mia madre, non saprei neanche da dove cominciare per dirle di cosa. Grazie allo staff della Newton Compton e in particolare a Federica Graceffa per l'editing. Grazie alla mia agente Sonia Olati e speriamo che ci sia presto un'altra bottiglia da far fuori. Grazie a Michele che mi legge e a Niccolò che sta cominciando. E il più grande dei grazie a Marcella, per essere la metà della mia vita.

Indice

PARTE TERZA

Salvo Toscano

L'intruso

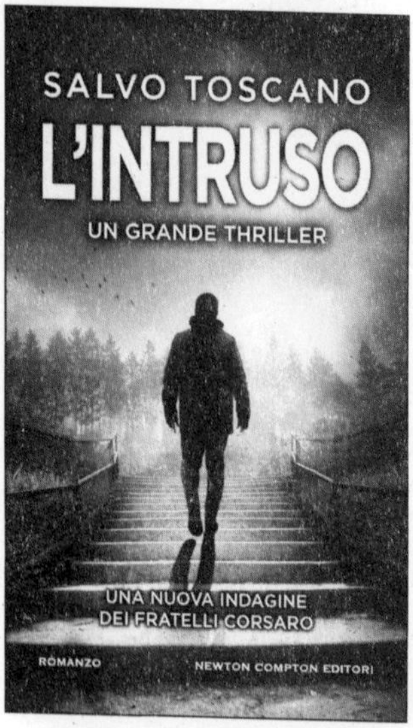

Volume di 256 pagine

Un cadavere in parte carbonizzato viene ritrovato, molti giorni dopo il decesso, tra le sterpaglie della campagna nel cuore della Sicilia.
È irriconoscibile e non ci sono tracce utili a chiarire la sua identità. Si tratta di un caso complicato, e proprio per questo il cronista Fabrizio Corsaro si mette a indagare per conto del suo giornale. Alcuni indizi collegano il morto a una comunità religiosa che vive quasi isolata dal mondo, in una zona impervia e disabitata dell'isola, non lontano dal luogo del ritrovamento. Proprio in quella comunità finisce, per ragioni professionali, il fratello di Fabrizio, Roberto Corsaro, avvocato penalista. Immergendosi per alcuni giorni in quell'universo impenetrabile e fuori dal tempo, Roberto porterà alla luce una serie di insospettabili verità.

NEWTON COMPTON EDITORI